Liebe Leserin,
lieber Leser!

Dieses hier vorliegende Buch ist schlicht und ergreifend ein Roman. Es ist eine Geschichte. Nicht weniger ist es aber auch nicht mehr.
Alle Personen, die in diesem Buch vorkommen, sind frei erfunden. Deren mögliche Ähnlichkeiten zu eventuell real lebenden Personen sind rein zufällig und unbeabsichtigt.

Mit und in diesem Buch werden weder Tipps, Hilfen oder Ratschläge gegeben, noch Anweisungen erteilt für das wirkliche Leben. Denn dieses Buch ist weder ein Ratgeber noch ein Leitfaden. Es ist nur eine Geschichte.
Daher übernimmt weder der Autor noch der Verlag Verantwortung für Dinge, Handlungen oder Geschehnisse, die sich eventuell aus dem Lesen dieses Buches ergeben.

Jegliche Verantwortung für Entscheidungen, die aufgrund der Lektüre dieses Buches getroffen werden, liegen allein bei der Leserin beziehungsweise beim Leser.

Und Achtung, das Lesen des vorliegenden Romans kann möglicherweise zu Stimmungsschwankungen führen, es können gegebenenfalls körperliche Symptome aufgrund emotionaler Beteiligung bei der Handlung des Buches auftreten, denn es besteht die Gefahr, von den Inhalten des vorliegenden Werkes berührt oder sogar angezogen zu werden.

Wer daher lieber vorsichtig sein möchte – und Vorsicht ist auf jeden Fall geboten – dem wird empfohlen, von der Lektüre dieses Buches abzusehen. Das vollständige und / oder auszugsweise Kopieren und Vervielfältigen liegt bei der Verlagsanstalt und ist überdies verboten!

Ergreifen Sie diesen Roman lieber nicht, wenn Sie Angst davor haben, denn es wäre möglich, dass der Roman Sie ergreift. Wer bereit ist, die volle Verantwortung für all seine Regungen, Gedanken und Emotionen, Handlungen, Worte und Taten vor, während, bei und nach der Lektüre dieses vorliegenden Werkes zu übernehmen, dem ist das Lesen des Romans zu empfehlen.

Also dann: Viel Vergnügen!

Verlag: BoD • Books on Demand GmbH, In de Tarpen 42,
22848 Norderstedt
Druck: Libri Plureos GmbH, Friedensallee 273, 22763
Hamburg
ISBN: 978-3-7597-7512-2

„Bist du auf Facebook?"

Er sah in ihre Augen und tauchte ein in ihren Glanz. Dann ging die Türe auf und die Chefin kam herein.

Ihre Worte hörte er kaum.

Falk Brauers träumte von Raben, die mit ihm fliegen....

Inhalt

1 Die Kraft des Alleinseins

Was bleibt mir, wenn alles um mich herum weg bricht?

Sicher fragen sich das auch die Menschen im Zugabteil vor mir, überlegte Falk Brauers eine Weile, während er im Regionalzug saß. Für seine Reise nach Detmold hatte er sich zum ersten Mal in seinem Leben einen Zusatzfahrschein gekauft, der ihn berechtigt, in der ersten Klasse in diesem Regionalzug mit zu fahren. Mit dem Deutschland-Fahrschein klappt das gut.

Hier im Abteil hatte er mehr Ruhe zum Schreiben.
Einige fremdländisch aussehende Menschen, die einen unglücklichen und erschöpften Eindruck auf ihn machen, unterhalten sich laut in dem Abteil vor ihm.
Es ist noch früh am Tag.
Während der Zug durch die beruhigend grüne Natur fährt, nickt er ein und im Halbschlaf erinnert er sich an so viele Bilder von Menschen, die in Not geraten sind, weil in ihrem Land viel Unfrieden herrscht und Unordnung, weil Staatsoberhäupter nicht mehr für das Wohlergehen ihrer Bürger sorgen und nur egoistischen Zielen hinterher jagen.

Als Falk Brauers aufwacht, weil sein Zug eine Haltestelle passiert hat und sich nun wieder in Fahrt gesetzt hatte, fragte er sich selbst:

Welchen Zielen jage *ich* hinterher?

Im Augenblick ist sein Ziel der Teutoburger Wald, das ostwestfälische Detmold. Hier soll es einen Ashram geben. Der interessiert ihn auch. Vor allem fasziniert ihn dort das Denkmal des Hermann.

Da der junge Mann noch Zeit hat bis zu der Haltestelle, an der er seinen Zug verlassen muss, schläft er noch einen Moment und gerät im Traum in eine Zeit, in der es hier weder Haltestellen gab, noch Züge.

Nicht ein mal ein einheitliches Gebiet, das von seinen Bewohnern als Deutschland bezeichnet wurde, kannte dieser Hermann, den er besuchen möchte: Einzelne Völker gab es, die eher verfeindet, als verbündet waren.

Sie nannten sich selbst Teutonen und Markomannen, Chatten oder Hermunduren, Brukterer, Semnonen, Burgunder und Goten, Cherusker, Chauken, Langobarden, Friesen oder Sachsen.

Der Stamm, in dem Hermann geboren wurde, waren die Cherusker, die Hirschleute von ihrem Wort für Hirsch: Cherut.

Zu der Zeit, als in der Weltmacht Rom Kaiser Augustus Allein-
herrscher war, wurde der Junge im Stamm der Cherusker
geboren in eine Familie, die zunächst Rom unterstützte und bei
seinem Volk hieß er Arminius.

Den Soldaten der Besatzungsmacht gegenüber hatte der junge
Arminius, als er noch dort in seinem Zuhause lebte, eine geteil-
te Einstellung: Einerseits fand er sie interessant und sie
schienen mächtig zu sein in ihren metallenen Rüstungen, un-
besiegbar. Doch sie wirkten auch fremd, waren oft unfreundlich,
überheblich und sie waren der Grund, weshalb der Name des
Jungen nicht wie der seines Vaters klang. Arminius' Vater, Segimer, war ein Oberhaupt des Volkes der Cherusker.

Er, die Seherin und noch einige andere Ältere zählten zu den
Angesehensten des Stammes, zum Adel.

Die Cherusker hielten nicht so viel von Ackerbau wie Menschen, die weiter im Osten lebten oder die Römer, die in ihren
Provinzen, in eroberten Gebieten, Getreide anbauten oder an-
bauen ließen. Der Adel des Stammes teilte den einzelnen
Familien im Volk jedes Jahr neues Ackerland zu. So verhinder-
ten sie, dass aus Kriegern Bauern wurden und es wurde
gewährleistet, dass auch die niederen Leute immer genug Land
hatten. Auf diesem Land mussten die Hütten jedes Jahr neu
errichtet werden, damit die Menschen nicht verweichlichten und
extreme Wetterlagen mieden.

So kam keine Geldgier auf, denn dadurch würden Zwist und Streitigkeiten entstehen. Es gründete das Volksempfinden auf Gleichheit, denn allen war klar, dass die Niederen so viel hatten wie die Mächtigen.

Arminius war noch klein, als sein Bruder geboren wurde, den die Eltern Flavus nannten. Flavus war eigentlich kein Name, sondern eine Bezeichnung, ein eindeutig römisches Wort: Blond und männlich bedeutete es, also „der Blonde".

Einige Winter später war Arminius schlau genug, dass er seine Mutter, Segina, fragen konnte, ob die Kinder des Volkes der Cherusker nun keine Namen der Cherusker mehr bekämen.

Die Mutter des Jungen war zum Einen erstaunt über diese Frage und sie stimmte sie nachdenklich.

Zum Anderen jedoch kannte sie ihren Sohn, wusste, wie erfolgreich er Worte, Satzteile und sogar ganze Sätze der in der Nähe des Dorfes lebenden Soldaten auffing und oft umher ging, während er das neu Gehörte für sich selbst nach sprach, murmelte, um es sich einzuprägen.

Oft unterhielt er sich mit den Soldaten, begrüßte sie, verwickelte sie in Gespräche. Ab und zu kam es vor, dass seine Mutter beobachten konnte, wie er sich in der Sprache der Römer mit ihnen unterhielt und sich sogar deren Schrift zeigen ließ.

Manchmal kam er strahlend nach Hause.

Sein Zuhause und das seines Bruders, seiner Eltern und seines Onkels Inguiomer war ein Langhaus, das nicht jedes Jahr neu errichtet werden musste. Dies war ein Privileg des Adels.

Niedere Leute besaßen dafür oft mehrere kleinere Hütten.

Im Langhaus des Segimer war ein Teil durch eine dreiviertel hohe Wand abgetrennt, in dem das Vieh der Familie unterkam im Winter und in der Nacht. Einfache Leute hatten jedoch ihre Hühner, Schafe, Ziegen und ab und zu auch Schweine oder Rinder nachts mit in ihrer Kammer.

Wenn der Junge von seinen Begegnungen mit den fremden Kriegern heim kam, leuchtete er und der Stolz glitt über sein ganzes Gesicht, während er seiner Mutter von seinen Erfahrungen berichtete und von dem, was die Männer ihm erzählt hatten.

Doch dann kam der Tag, an dem er beschloss, die Gesellschaft der Soldaten zu meiden. Vorerst jedenfalls.

Es war ein nebeliger Morgen kurz nach der Zeit, in der er seinen elften Winter feierte, da er und sein zwei Jahre jüngerer Bruder erfuhren, dass sie bald nach Rom reisen würden.

Die adeligen Knaben des Stammes, die das passende Alter erreicht hatten: Es waren Kinder anderer adliger Familien der Cherusker auch dabei und Flavus und er, Arminius. Allein ging es in Begleitung der Soldaten in ein fernes, fremdes Land.

Flavus schien darüber glücklich zu sein. Auch er hatte sich mit einigen der Soldaten angefreundet und hatte erfolgreich begonnen, ihre Schrift und ihre Sprache zu lernen.

Arminius wurde sehr ernst.

„Was sind wir denn?", fragte er eines Tages seinen Vater. Zorn verdunkelte seinen Blick.

„Cherusker oder Römer?"

Der Vater schwieg. Erst sah er zu Boden. Doch dann blickte er seinen älteren Sohn an und sah ihm fest in die Augen.

„Mein Sohn! Du bist mein Nachfolger. Du sollst unser Volk führen. Doch zuerst musst du den Römern folgen. Wir und die Römer haben diese Vereinbarung. Du weißt das! Du weißt es, seit du ein kleines Kind warst."

Arminius nickte nachdenklich. Sein Vater hatte Recht.

„Und sieh, das Mädchen, was dich stets bewundernd anschaut, Thusnelda, Segestes' Tochter. Sie hat keinen römischen Namen. Sie wartet auf dich. Geh' zu ihr!", riet ihm seine Mutter.

Seginas Augen besaßen eine tiefe Liebe und Weisheit.

Der Junge blickte sich um.

Da stand das Mädchen und wartete auf den Sohn des Fürsten-
paares, anständig, bis dieser das Gespräch mit seinen Eltern
beendet hatte.

Arminius nickte.

Dann holte er tief Luft und ging zu seiner Freundin.

Segimers Sohn mochte Thusnelda sehr.

Doch weder hatte er sie je geküsst oder berührt.

Das war gut so, denn dadurch sparte er sich seine Kraft für die
wichtigen Dinge auf. Das Leben eines Mannes besteht bei den
Cheruskern aus Jagen.

SCHON ALS KLEINE JUNGEN MESSEN WIR UNS IN
ABHÄRTUNG UND DER KRAFT UND FÄHIGKEIT,
SCHMERZ, HUNGER, KÄLTE ODER LEID ZU ER-
TRAGEN UND AUSZUHALTEN.

WER SOZUSAGEN ALS LETZTER EINE FRAU BE-
RÜHRT, HAT GEWONNEN, DENN ER HAT DAS
HÖCHSTE ANSEHEN UNTER DEN GLEICHALTRI-
GEN. WIR GLAUBEN, DASS SO UNSERE KRAFT,
UNSERE MUSKELN, UNSER KÖRPER, UNSERE
GANZE GESTALT GESTÄRKT WIRD.

UND SO VERLIERT DER JUNGE MANN IM STAMM AN ANSEHEN, DER VOR SEINEM XX. WINTER SICH EINER FRAU IN BESONDERER WEISE GENÄHERT HAT.
ALLE IM VOLK WÜRDEN ES BEMERKEN. ZUM BEISPIEL BEIM GEMEINSAMEN BAD IM FLUSS.

ES WAR JEDOCH NICHTS FALSCHES DARAN, THUSNELDA ANZUSEHEN UND MIT IHR ZU SPRECHEN. SCHLIESSLICH WAR SIE EIN TEIL UNSERES VOLKES.
UND DABEI WAR SIE DIE TOCHTER EINES MANNES, DER BEI DER BESATZUNGSMACHT, DEN RÖMERN, HOCH IM KURS STAND.
SO GING ICH ALSO ZU IHR HIN.

Anmutig stellte sich Thusnelda auf ihre Zehen, weil Arminius um einiges größer war als sie und schmückte ihren Auserwählten mit einer hübschen Halskette aus Blüten und Pflanzenfasern, die sie selbst geflochten hatte.
Anschließend küsste sie ihn auf die Wange und lief schnell zu ihrem Vater, der von deren Haus aus den beiden zusah und Arminius zunickte, als sich deren Blicke trafen.

Diese Geste war jedoch weder freundschaftlich gemeint noch anerkennend. Zwischen ihren beiden Familien existierte eine ständige Rivalität, über die Arminius gut bescheid wusste.

Selbst auch ein Fürst des Stammes der Cherusker, wollte Segestes, Thusneldas Vater, dem Jungen nur klar machen, dass er ihn im Blick hatte. Einst war er der Stammesführer.

Segestes war die treibende Kraft gewesen, die die Verbindung der Römer zu seinem Volk hergestellt hatte. Er verfügte über ausgezeichnete Beziehungen zu den Römern.

Auch Thusnelda bewunderte die römischen Männer, deren Kultur und den Schmuck aus hellen, feinen Glasperlen, den sie ab und zu von den Soldaten geschenkt bekam.

Darüber war das Mädchen so erfreut gewesen, dass Arminius glaubte, sie würde ihr Herz einem römischen Offizier schenken und ihren Vater um die Hand eines solchen Herrn bitten.

Als er sie kürzlich danach fragte, gab sie zu Antwort:

„Ja, Arminius! Ich werde mein Herz einem römischen Offizier schenken und meinen Vater um die Hand eines solchen Herrn bitten!"

Arminius blickte sie wütend an.

Doch Thusnelda lächelte und fügte hinzu:

„Du wirst dieser Herr und Offizier sein, Arminius!"

Arminius erschrak erst, doch er fand in ihrem Blick nichts Falsches. Erleichtert lachte er.

Bald fragte er seine Eltern:

„Vater! Du und Mutter, ihr habt uns römische und römisch klingende Namen gegeben, weil ihr um das Versprechen wusstet, das ihr Rom geben musstet, nicht wahr?

Dies hatte der Knabe auch schon seinen Vater gefragt, wenn sie beide allein waren.

Segimer, der Anführer der Cherusker, Arminius' Vater, maß dem Alleinsein große und wertvolle Bedeutung zu.

Da saßen sie am Ufer eines kleinen Sees im Wald, beobachteten die Enten und andere Wasservögel und fanden im Geiste und im ♥ zueinander.

„Ja. Diese Namen sollen deinem Bruder und dir den Start und das Leben in Rom erleichtern," hatte der Vater zu Antwort gegeben.

„Warum wehren wir uns nicht einfach gegen die Römer?", hatte der Junge wissen wollen.
Da hatte der Vater sich aufgerichtet.
Segimer war sehr groß, wie auch sein Sohn, der für sein Alter bereits beachtlich hoch gewachsen war.

„Schau, mein Sohn!", forderte der Mann den Knaben auf.

„Sieh hier meinen kleinen Fingernagel", erklärte er und wies auf den Nagel des kleinen Fingers seiner linken Hand.

„So groß ist das Land unseres Volkes, der Cherusker, im Gegensatz zur Größe des römischen Reiches", sagte er und deutete mit seiner Rechten von seinem linken kleinen Finger über sein Haupt, seine Schultern und seinen Rumpf bis zu seinen Füßen.

Arminius schwieg. Die Geste seines Vaters beeindruckte ihn und er schluckte. Der Vater nahm wieder Platz am Ufer des Sees neben seinem Sohn.

„Dass Rom so groß ist, wusste ich nicht", gab der Junge zu.

„Ja. Und die Menschen, Arminius. Es sind so unglaublich viele, dass mein Vergleich nicht ausreicht, um es zu erklären."

Beide schwiegen eine Weile.

„Werde ich wieder zurück kehren?"

„Das liegt in den Sternen. Es liegt in den Runen, mein Sohn und vor allem:", Der Vater wandte sich dem Knaben zu und legte seine große Hand auf dessen Brust.

MEIN VATER GEBOT MIR, MICH ZU ERHEBEN.
ER STAND EBENFALLS AUF.
EINE WEILE FÜHRTE ER MICH SCHWEIGEND ZU
UNSEREM HAIN, DER DONAR GEWEIHT WAR,
SEIT ALTERS HER.

DER HAIN BRACHTE HEIL.
DER HAIN BRACHTE **FRIEDEN**.
ES WAR EIN HEILIGER ORT.
DENN HIER HERRSCHTE STILLE.

DENN HIER HERRSCHTE **FRIEDEN**.
DAS WAR ES, WOFÜR WIR KÄMPFTEN.

„DOCH DER **FRIEDEN** IM HAIN UND AN DER SÄULE DES DONAR, DER **FRIEDEN** BEIM OPFER FÜR UNSERE GÖTTER NÜTZT DIR WENIG", ERKLÄRTE MEIN VATER MIR EINST UND DEUTETE AUF EINE URALTE EICHE, DIE VON DEN URVÄTERN UNSERES STAMMES ZUM ABBILD DES GOTTES DONAR GESCHNITZT WORDEN WAR.
DIE MENSCHEN UNSERES STAMMES VEREHRTEN DIESE SÄULE ALS DEN GOTT DONAR.

MEIN VATER WAR SCHON OFT ALLEIN MIT MIR HIER UND WENN WIR BEIDE UNTER UNS WAREN UND ER SICH DESSEN GEWISS WAR, DASS UNS NIEMAND HÖREN ODER BEOBACHTEN KONNTE, DANN ERKLÄRTE ER MIR SEIN GEHEIMNIS ÜBER DIE GÖTTER, DAS ER HÜTETE, DAS NICHT EINMAL MEINE MUTTER KANNTE:

HEIL IST INNEN.
FRIEDEN IST INNEN.

WIR SOLLEN UNS KEIN ABBILD VON DEN GÖT-
TERN MACHEN, DENN WIR SIND ES, DIE ER-
SCHAFFEN.

DANN ERKLÄRTE ER MIR SEIN GEHEIMNIS ÜBER
DONAR, DAS ER HÜTETE, DAS NICHT EINMAL
MEINE MUTTER KANNTE:

„MEIN SOHN, DU BIST BESONDERS BEGABT IM
KAMPF UND IN DER JAGD, WEIL DU ERNSTHAFT
BIST UND NACH DER WAHRHEIT SUCHST.

DIESER ALTE BAUM HIER IST EINE EHRWÜRDIGE,
SEHR ALTE EICHE UND UNSER STAMM BETET SIE
AN. DAS IST GUT SO UND SOLL AUCH SO BLEI-
BEN, DENN IHRE EICHELN FRESSEN DIE SCHWEI-
NE, DIE KINDER DES WALDES SIND, SO WIE WIR.

IHRE EICHELN FRESSEN DIE HIRSCHE, VON DE-
NEN UNSER VOLK SEINEN NAMEN HAT.

WIR JAGEN HIRSCHE UND SCHWEINE, ER-
NÄHREN UNS VON IHNEN UND LEBEN VON IH-
REM FLEISCH, IHRER MILCH UND VON DEM
KÄSE, DEN DIE FRAUEN AUS DER MILCH DIESER
HEILIGEN TIERE ZUBEREITEN, DIE HEILIG SIND,
WEIL SIE UNS ERNÄHREN.

Weil sie uns Leben schenken, sind sie für uns heilig. Der gemeinsame Glaube an Donar garantiert den **Frieden** in unserem Stamm.

Du aber, mein Sohn, Du sollst die Wahrheit wissen!"

Ein Schaudern lief mir über den Rücken, denn der Blick und die Stimme meines Vaters wirkten wie magisch auf meinen Geist.

Seine Große, kraftvoll-hagere Gestalt zog mich ich ihren Bann und seine Worte verzauberten mich.

„Diese Eiche", begann er mit gedämpfter Stimme, nachdem er sich umgeschaut hatte, um sich zu vergewissern, dass kein anderer Mensch in unserer Nähe war, „sie ist nicht Donar. Sie ist nicht heiliger und mächtiger als die anderen Bäume hier."

Vater deutete auf die Säule, die unser Stamm „Donar" nannte.

„UND GENAU SO MÄCHTIG IST DAS GRAS UND SIND DIE WOLKEN UND DER WIND UND DIE STEINE, AUF DENEN DU STEHST.

ABER DAS ALLES KANNST DU NICHT MIT IN DEN KAMPF NEHMEN.

DU KANNST DIESE FIGUR DES DONAR NICHT MIT AUF DIE REISE NEHMEN, DIE DIR BEVOR STEHT."

„FLAVUS HAT DOCH EIN DONAR-FIGÜRCHEN, DAS SO KLEIN IST WIE SEIN ZEIGEFINGER, DAS ER IN SEINEM LEDERBEUTEL HAT ODER AN EINEM BAND UM SEINEN HALS BEI SICH TRÄGT.

SCHAU: MUTTER HAT MIR EINS GESCHENKT.

UND SO WEIT ICH WEISS, BESITZT JEDER AUS UNSEREM VOLK SO EINS."

VERWIRRT SCHAUE ICH MEINEN VATER AN.

„JA. ICH HABE AUCH SO EINS. DAMIT UNSERE LEUTE NICHTS MERKEN.

UND NUN VERRATE ICH DIR DAS GEHEIMNIS:", ERKLÄRTE MIR VATER UND LEGTE ERNEUT SEINE HAND MITTEN AUF MEINE BRUST.

ICH WAR AUFGEREGT UND KONNTE PLÖTZLICH MEIN ♥ SPÜREN.

„DONAR IST DER HERR DES DONNERS, ARMINIUS. UND DIESER DONNER SCHLÄGT IN DEINEM ♥ GENAU SO, WIE ER IM WIND UMHER STRÖMT WIE DAS BLUT IN DEINEN ADERN.

MAL IST DAS WETTER MILD, MAL BIST DU RUHIG, DA HÖRST DU DEIN ♥ RUHIG SCHLAGEN.
DOCH MANCHMAL GIBT ES EIN GEWITTER UND ES GIBT DONNER.
AUCH HEFTIGEN DONNER.

WENN DU ÄRGERLICH BIST ODER DICH ANSTRENGST, IM KAMPF ODER WENN DU SCHNELL LÄUFST, DANN SCHLÄGT DEIN ♥ HEFTIG WIE DER SCHLÄGEL DER TROMMLERIN, DER SEHERIN UND WIE DER HAMMER DES SCHMIEDS AUF DEM AMBOSS.

Und wenn du allein bist und ganz still-
bist, zur Ruhe kommst und in dich hinein
lauschst, wenn du dein eigenes ♥ schlagen hörst, Arminius, dann kannst du
selbst dieser Schmied sein, dieser Gott mit
dem Hammer, dann kannst du selbst wütend sein und ein Gewitter erzeugen!
Arminius!
Mein Sohn! Du selbst kannst Donar sein!
Denn wir sind in der Welt von nichts getrennt! Alles ist Eins!
Denke immer daran!
Du selbst bist Donar!

Ob Du wieder her kommst:
Es liegt an Dir, Junge!

Folge der Stimme deines ♥!

Bei allen Göttern, Sohn, befolge, was ich
dich gelehrt habe!
Komme immer wieder zur Ruhe.

GEHE IN DIE STILLE.

LAUSCHE DEM WILLEN DEINES ♥, WENN DU AL-

LEIN BIST.
NUTZE DIE KRAFT DER EINSAMKEIT!
NUTZE DIE KRAFT DES ALLEINSEINS!"

2 Große Reise in die Ferne

Wie aus einer Trance erwachte Falk Brauers aus seinem Traum. Er erschrak, denn er befürchtete, in seiner Regionalbahn zu weit gefahren zu sein.

Doch er war wohl nur kurz eingenickt. Der digitalen Anzeige in seinem Abteil konnte er entnehmen, dass noch fünf Minuten Fahrzeit bis zum Halt in Detmold verblieben.

Brauers erhob sich, packte seinen Schreibblock und Stifte zusammen in den Rucksack, zog Jacke und Mütze wieder an und bewegte sich schon ein mal in Richtung Ausgang.

Auf seinem Weg zur Tür begegnete er den Leuten, die sich eben sehr laut unterhalten hatten. Bei genauerem Hinsehen wirkten sie wie eine Familie auf ihn: Vater, Mutter und zwei Kinder. Gedankenverloren und noch ein wenig verträumt betrachtete er die Familie aus dem Ausland.

Dabei entging ihm nicht, dass der Herr mit starkem, dunklen Bartwuchs, der eine Art Schiffermütze trug, die Hand der etwa gleichaltrigen Frau neben ihm hielt. Ihr braun-graues Haar schaute unter einem geblümten Kopftuch hervor. Sie war gekleidet in einen langen, blauen Mantel aus einfachem Stoff, der schon etwas abgenutzt aussah.

Die dunklen Augen der Frau waren umgeben von einem mit vielen kleinen Fältchen gezeichneten, wettergegerbten Gesicht. Sie war nicht geschminkt.

Für Brauers sah sie natürlicher und gesunder aus als die ganzen geschminkten, mit künstlichen Lippen und künstlichen Augenbrauen versehenen Gesichter der Frauen, die er in den Bahnen und Bussen seiner Heimatstadt täglich sah.

Sie wirkten irgendwie krank auf ihn, nicht am Körper, sondern im Geiste, ihre Gesichter empfand er als abstoßend, als verstellte Schönheit und ein verdorbenes Antlitz der schönen Mutter Natur.

Sofort fragte sich Brauers, woher dieses Frauenbild stammte, welches er offenbar hatte. Schminken, Lippen oder Brüste vergrößern, Styling erschien ihm als unnatürlich, ungeschminkt sein, ja sogar Falten im Gesicht zu haben, schien ihm als natürlich. Hatten die Cherusker auch so gelebt, dass ihre Frauen ungeschminkt waren und Falten im Gesicht hatten, wenn sie älter wurden?

Was hatte er selbst mit dem Frauenbild der Cherusker zu tun?

Als der Fahrgast, der nun aussteigen wollte, die Kinder im Abteil betrachtete, sah er, wie der Junge schützend seinen Arm um die Schultern seiner jüngeren Schwester legte, die ebenfalls ein einfaches Kopftuch und einfache Kleidung trug.

Auch der Vater und der Junge waren schlicht angezogen in einer Weise, die vielleicht irgendwo im Osten geläufig war.

Etwa elf Jahre mochte dieser Junge sein, so alt wie wohl auch Arminius war, als dieser, gemeinsam mit seinem jüngeren Bruder Flavus, die lange Reise ins Ungewisse in ein fremdes, großes Land antrat. Möglicherweise war das Mädchen auch neun Jahre alt, wie wohl Flavus damals, überlegte Brauers.
Falk Brauers senkte seinen Blick, als er bemerkte, wie er die Leute angestarrt hatte.

„Nächster Halt: Detmold Bahnhof", riss ihn die Ansage im Zug aus seinen Gedanken. Nun richtete er seinen Blick auf den Ausgang und konzentrierte sich auf seine Füße und seine Schritte, während er den Zug verließ. Zu oft war er schon in seinem Leben gestolpert und gefallen. Er wollte achtsam sein.
Am Bahnhof Detmold gab es einen Bus, den er nehmen musste. Doch wo hielt dieser Bus?
Der Reisende hatte Schwierigkeiten, sich an dem für ihn neuen und unbekannten Bahnhof zu orientieren. Glücklicherweise begegnete ihm ein Mann in Uniform der Busgesellschaft. Der Reisende fragte diesen nach dem Weg zum Bus in Richtung Hermannsdenkmal und der Beamte zeigte dem Fragenden den Weg zur Haltestelle.

Beide grüßten sich zum Abschied und als Brauers an der Bushaltestelle an kam, rief ihm die Busfahrerin freundlich zu:

„Hopp, hopp, Sie sind der letzte Fahrgast, dann geht's los!"

Der junge Mann hatte gerade einen Sitzplatz gefunden, da schloss die Busfahrerin die Türen ihres großen Transportmittels und setzte es fröhlich in Bewegung.

Brauers atmete tief durch. Es war nicht mehr weit. Eine knappe Viertelstunde benötigten sie vom Bahnhof Detmold bis zur Bushaltestelle, wo er aussteigen musste, von wo aus es dann zu Fuß – per pedes, wie die alten Römer sagen – zum Denkmal weiter ging. Da gab es einen langen Fußweg.
Der junge Fahrgast war glücklich, endlich im Bus zu sitzen und nickte bald wieder ein. Er strich sich noch mit einer Hand über seinen gepflegten „Drei-Tage-Bart".
In den vergangenen Tagen hatte er wenig geschlafen. Sein Reisevorhaben hatte ihn in Aufregung versetzt.
Er war Lehrer einer Realschule gewesen. Diese sollte zur Sekundarschule umstrukturiert werden, doch das hatte nicht funktioniert. Da Brauers trotz intensiver Bemühungen keine neue Anstellung in den Fächern Deutsch und Geschichte der Sekundarstufe I gefunden hatte, war er nun arbeitslos.

Dies wurmte ihn sehr. Ohne Arbeit und ohne geregeltes Einkommen zu sein, konnte er sehr schlecht mit seinem Selbstbild in Einklang bringen.

Über WhatsApp hielt er zu seinen ehemaligen Kolleginnen und Kollegen einen lockeren Kontakt. Den meisten von ihnen erging es ebenso wie ihm.

Um sich sinnvoll zu beschäftigen und um nicht in eine Depression abzugleiten, hatte er sich vorgenommen, in der freien Zeit, von der er nun gefühlt viel zu viel besaß, Orte aufzusuchen, die sehr oft Thema seines Schulunterrichts gewesen waren, den er selbst geleitet hatte.

Wie nur sehr wenige seiner Mitarbeiter hatte er es verstanden, junge Menschen für die längst vergangenen Tage einer fränkischen Besatzung durch einen König Karl, für einen König Chlodwig, der mit mehreren Tausend seiner Gefolgsleute die Taufe zum Christentum wagt oder gar für den Reiterpräfekten Arminius, auch bekannt als Hermann, der Cherusker, zu begeistern.

Das Unterrichten fehlte Falk Brauers sehr. Und nun, da er selbst sich auf den Weg gemacht hatte zu seinen eigenen Unterrichtsinhalten, erkannte er, dass er noch nie näher am Unterrichten dran gewesen war und nie näher an den Themen, denn er unterrichtete nun sich selbst.

Sein Unterrichten wurde erst lebendig, indem er sich selbst unterrichtete und selbst zu den Schauplätzen der Vergangenheit reiste, um sich mit ihnen zu verbinden. Um mit ihnen in Berührung zu kommen.

Und er entschloss sich, dass er, falls er jemals noch einmal die Chance haben würde, die Fächer Deutsch oder Geschichte zu unterrichten, dass er mit seinen Schülern an die Orte reisen würde, an denen sich unsere Geschichte abgespielt hat.

Beispielsweise würde er für Goethe nach Weimar fahren, wenn es um dessen Werke ging, die er den jungen Menschen nahe bringen wollte.

Um seinen Schülern ein Gefühl für Karl, den Großen zu vermitteln, wollte er mit ihnen nach Aachen reisen oder nach Frankfurt, auch möglich wäre Paderborn.

Sein eigenes Heimatland, fiel Brauers auf, bot so viele Gelegenheiten, sich mit Geschichte auseinander zu setzen, dass er nie müde werden würde, den Menschen zu zeigen, wie wunderbar es war. Ja. Falk Brauers liebte sein Land. Und er wusste, dass es noch so viele Geheimnisse bot!

Beispielsweise hatten die US-Amerikaner versucht, in ihre eigene Geschichte den Mythos eines bemannten und motorisierten Erstfluges einzubringen. Dies entspricht jedoch nicht der Wahrheit, denn Gustav Weißkopf oder Weißhaupt aus Leutershausen war es, dem diese Tat gelang.

Und zwar *vor* den Gebrüdern Wright!

Die Amerikaner und das Smithsonian hatten schlicht gelogen.

Später beeilten die USA sich, nach dem zweiten Weltkriege, Deutschland nach ihrem Bilde zu formen: Kapitalistisch, von ihnen abhängig und Amerika zugewandt sollte es sein, in den Achtziger Jahren wurden atomare Sprengköpfe in Deutschland gelagert, die den Amerikanern gehörten und gegen Russland schützen sollten. Die Sprengraketen hatten eine Reichweite, die nicht über die deutschen Grenzen hinaus ging, wir hätten also unser eigenes Land verstrahlt. Unser so viel gelobter Bundeskanzler Adenauer und alle nach ihm haben viele Dinge zugelassen, die nicht gut für Deutschland waren, für ihr eigenes Land. Auch gerade jetzt kämpfen wir gegen Menschen, von denen ich nicht begreifen kann, warum sie unsere Gegner sein sollen. Was haben wir mit Russland und der Ukraine zu tun und warum müssen wir Herrn Selenskyj, der selbst Multimillionär ist, aus unserer Staatskasse 200 Millionen Euro schenken?

Wenn Herr Bundeskanzler meint, dass eine solche Spende an einen Mann, der selbst genug Geld hat, nötig ist, dann soll er seine Geschenke doch aus eigener Tasche bezahlen.

Wir sollten uns raus halten aus all dem. Denn: Was, um Himmels Willen, haben die Amerikaner gegen Russland? Warum auch wir? Er hatte das nie innerlich nachvollziehen können, gerade weil das Christentum in Russland sehr fest verankert war.

Oft mehr als bei den kapitalistischen und chaotischen Amerikanern, die Amerikas gesamte Urbevölkerung massakriert hatten, um sich hinterher dort selbst breit zu machen.

Was würde Jesus Christus dazu sagen?

Mittlerweile zehrte seine Arbeitslosigkeit an Falk Brauers' Nerven sogar so sehr, dass er ab und zu Schreibfehler oder grammatikalische Fehler machte. Er hatte sich doch letzte Woche tatsächlich gefragt, ob man das Tal – also das Gegenteil des Berges – mit oder ohne „H" schreibt – Thal also oder Tal.

Danach hatte er einen Nervenzusammenbruch bekommen und hatte begonnen, zu weinen. Daher konnte er seinen Bruder gut verstehen, der – wie würde es ihm wohl gehen, seinem Bruder?

Der hieß Arne. Arne Brauers.

Der war auch Lehrer.

Falk Brauers dachte an die Zeit, in der er unterrichtet hatte und besann sich darauf, wie wohl er sich dabei gefühlt hatte, wie viel Freude er empfunden hatte.

Ja, ich bin ganz selig, hatte er sich insgeheim vor Unterrichtsbeginn auf dem Weg zur Arbeit gesagt!!

An seiner Schule hatte er sich mit seinem Kollegium, mit den Schülern und deren Eltern, ja und auch mit dem Direktor und der Konrektorin gut verstanden.

Von seinem Bruder Arne, der in Norddeutschland lebte, hatte er da ganz andere Sachen gehört. Arne war Lehrer an einer Grundschule einer eher kleinen Stadt.

In der Schule, in der Arne Kunst unterrichtete und alle anderen Fächer, weil er eine Schulklasse hatte, die Vier B, liefen die Dinge nicht so glatt. Kürzlich hatte Arne seinem Bruder Falk sein Herz ausgeschüttet. Er hatte ihm gestanden, dass er selbst, Arne Brauers, seiner Ehefrau die Scheidung angeboten hatte.

„Ich bin total am Ende, Falk," hatte er bei dem Gespräch am Handy zugegeben.

„Ich weiß, dass ich mittlerweile ein nervliches Wrack bin. Ich habe dauernd Tinnitus am Ohr auf beiden Seiten. Wenn ich abends Bier getrunken habe, geht es zwar kurz besser, wenn dann aber die Kinder heim kommen und laut sind, bin ich auch schon mal laut geworden. Gestern habe ich Ina angeschrieen. So, wie ich jetzt geworden bin, kann ich mich selbst nicht aus-stehen, Falk! Ich weiß, es heißt am Tag der Vermählung, dass wir in guten *und* in schlechten Tagen zusammen halten sollen. Aber ich weiß nicht mehr weiter, Falk! Ich will das Ina nicht an-tun. Ich bin echt fertig, Falk. Und ich – ich will nicht mehr –", Arne begann zu husten und dann zu heulen.

„Ich will nicht mehr funktionieren!", brach es aus dem jammernden und vor Wut und Verzweiflung schluchzenden und hustenden Mann heraus.

Zuerst herrschte Stille. Bald erkundigte sich Falk:

„Was ist denn los? Ist etwas passiert?"

„Ja, Falk. Das ist einfach nicht mehr auszuhalten mit…", hörte Arnes Bruder noch, dann spürte er ein heftiges Rucken an seiner Schulter.

„Ich rufe gleich zurück!", rief Falk hastig in sein Handy und beendete das Gespräch.

„Sie müssen aufstehen, mein lieber Herr, hier ist die Endhaltestelle," erklärte die Dame und lächelte ihn an.
Nein. Es war kein Lächeln. Es war eher ein Strahlen, denn das sehr helle und klare Weiß ihrer Augen, ihres Augapfels, stand in einem krassen Kontrast zu ihren tief schwarzen Augen, der Iris ihrer Augen also, und ihrer nachtschwarzen Haut.
Der Himmel in Detmold war des nächtens nicht so dunkel wie das Antlitz dieser Busfahrerin, deren Augen leuchteten wie Diamanten.

Schwarzer Diamant, fiel es Falk Brauers ein, der gerade tief geschlafen hatte und noch träumte und eben manchmal solch seltsame Assoziationen hervor brachte.

Aber warum nicht, überlegte er dann, als er sich auf raffte und aus seinem Sitz im Bus pellte.

Schwarzer Diamant passte gut zu der Dame vor ihm. Es war freundlich gemeint.

„Ja, danke, dass Sie mich geweckt haben", ließ Brauers noch hören, als er schon aus dem Bus ausstieg.

Die Fahrerin wollte gerade los fahren, doch dann drehte sie sich zu diesem einen Mann um, der ihr letzter Fahrgast gewesen war und erklärte:

„Wenn Sie hier nicht übernachten wollen, müssen Sie um 19:52 Uhr wieder gegenüber an der Haltestelle sein, da fährt der letzte Bus zum Bahnhof Detmold. Sonst kommen Sie hier nicht gut weg. Das Taxi fährt ab hier sonntags nur um die Mittagszeit."

Brauers blickte in die Richtung, in welche die Busfahrerin mit der Hand deutete.

„Ja. Guter Hinweis. Dankeschön!"

„Ich wünsche Ihnen einen schönen Tag!", rief die Frau noch, dann wendete sie ihr Dienstfahrzeug und fuhr die Schleife entlang bis zu dem Halt, an dem sie Pause machte.

Brauers winkte noch als Dank und Gruß, dabei wurde ihm bewusst, welches Glück er hatte, dass die Busse hier in der Gegend von Detmold fuhren, wo doch an so vielen Orten im Land die Bediensteten des öffentlichen Personen-Nahverkehrs streikten.

Der junge Mann erinnerte sich an seinen Geschichtsunterricht.

Dort hatte er den jungen Menschen anschaulich vermittelt:

In der Zeit Karls, des Großen, im frühen Mittelalter, mussten die einfachen Leute den zehnten Teil ihres Besitzes an den König abgeben: Korn, Hühner, Schweine oder Kühe.

Heutzutage ist es fast das Doppelte: Mit 19 % Mehrwertsteuer – welch ein Wort – geben wir mehr an den Vater Staat als die Menschen im Mittelalter vor 1200 Jahren.

Vater Staat, überlegte Brauers. Welch eine Art von Vater ist das, der seine Kinder so knapp hält?

Die Arbeitsverhältnisse waren besser, als es die Deutsche Bundesbahn noch gab und die Deutsche Bundespost. Damals gab es auch noch das Briefgeheimnis oder Postgeheimnis.

Existiert das noch?

Gibt es noch das Gesetz, laut dem ein versendetes Objekt nur vom Adressaten geöffnet werden darf und von sonst niemandem und dass die Zuwiderhandlung gegen dieses Gesetz bestraft wird?

Brauers war schon oft Post abhanden gekommen. Als er dann immer hörte, dass er sich vergegenwärtigen solle, unter welchen Bedingungen die Postleute arbeiten, war er nachdenklich geworden.

Hatten die Menschen seine Briefe geöffnet oder nicht weiter zugestellt, vielleicht aufgerissen und dann verschwinden lassen, weil sie glaubten, dass Geld darin war?

Nicht etwa, weil sie dumme, delinquente Kriminelle waren, sondern weil ein geringes Gehalt der Grund war?

Wie ist denn heutzutage die Situation eines Postarbeiters?

Heute, wo die Digitalisierung im Land die Führung übernommen zu haben scheint, wo sich alle am liebsten den Kasten Bier direkt vor den Fernsehsessel liefern lassen und die Pizza direkt ans Bett, wo Amazon die Geschäfte zerstört, weil der Mensch, wenn er die Gelegenheit hat, faul zu sein, dies wohl auch besonders gerne tut. Das geht nicht nur den Deutschen so, wo sich Brauers an die Figur des „Deutschen Michel" mit der Schlafmütze erinnert, von der in den Achtzigern die Rede war, nein, diese Neigung zur Bequemlichkeit scheint eine Eigenschaft aller Menschen zu sein.

Daran sieht man: Im Grunde sind wir viel weniger verschieden, als wir gemeinhin glauben 🙂 .

Und was ist mit der heutigen Post?
Da sind so „ausgechaste" Firmen wie DHL, die im Grunde nicht mehr viel mit der Deutschen Bundespost zu tun haben aber wo Brauers bisher froh war, dass es sie noch gab.

Der Staat müsste für seine Arbeiter*innen wieder die Verantwortung übernehmen, dachte er. Verantwortung für die Bürger war nach Brauers Meinung die erste Pflicht des Bundeskanzlers, überlegte er, während er im Wald umher lief und mittlerweile an einem kleinen Stein angekommen war, der auf einem Platz stand.

Hier bei dem Stein handelte es sich um ein Denkmal für Otto von Bismarck. Tja, da war Brauers ja an den Richtigen geraten, denn der, Bismarck, hatte immer gewollt, dass alle Macht im Staat vom König, beziehungsweise vom Kaiser ausging und dass Sozialleistungen, wenn sie denn vorhanden waren, von eben dieser Quelle an das Volk gegeben wurden.

Selbstbestimmung des Volkes war für ihn undenkbar gewesen.

Nunja, dachte Brauers jetzt, vielleicht ist dies ja genau der Punkt. Möglicherweise klappt das einfach nicht, dass jetzt jeder Hinz und Kunz ein ganzes Volk anführen darf. Und dabei gab's ja auch noch Leute, die Abschaffung der Nationen wollten.

Seine Meinung dazu: Mehr Chaos auf der Welt, als Halligalli.

Brauers war für einen Staat, der sich nach den Prinzipien eines Konzepts richtete, der das Grundgesetz achtete und das Prinzip der Achtsamkeit im Sinne von Aufmerksamkeit, Behutsamkeit, Mitgefühl, Wohlwollen und Eigentätigkeit des Menschen, zur Hinwendung an die Prinzipien der Ganzheitlichkeit, und zwar Kopf, Herz und Hand, in den Mittelpunkt stellte.

Zunächst ging es ihm also erst mal um das Heil im eigenen Staat. Denn es gilt: Wenn jeder bei aller Nächstenliebe auch an sich selber denkt, wird niemand vergessen!

Haben nicht schon viele Kinder und Jugendliche Haltungsschäden, weil sie sich kaum anders beschäftigen, als mit Smartphones?

Das Schlimme war nach Brauers Meinung, dass die Kinder, seit dem es diese Mobile Phones gab, sich für nichts Anderes mehr interessierten, dass sie sich mit gar nichts Anderem mehr beschäftigen konnten und wollten, als mit Smartphones!

In seiner Schule mussten die Kinder diese kleinen aber ja so wichtigen Geräte deshalb vor Unterrichtsbeginn abgeben.

Sonst, so hatte nicht nur das Kollegium seiner Schule die Erfahrung gemacht, war Unterricht nicht möglich.

Ständig brummte, klingelte oder piepte es irgendwo und die Kinder glaubten, sie müssten sich jetzt sofort darum kümmern.

Und das Schlimmste war für ihn, dass es sogar Kolleg*innen gab, die selbst ein und manchmal sogar zwei Handys auf dem Pult liegen hatten, die vibrierten oder es erklang ein leiser Ton, das bemerkten natürlich die Schüler und wurden dann unruhig. Und zwar, weil sie glaubten, die gleichen Rechte zu haben wie die Lehrerin, wie der Lehrer, der da natürlich sofort drauf sah.

Wenn auch nur kurz, Brauers fand, dass dieses Verhalten seiner Kolleg*innen ein schlechtes Vorbild war und bevor er diese, seine Meinung, in einer Sitzung des Kollegiums öffentlich machen konnte, war er arbeitslos geworden.

Nach der Einstellung von Falk Brauers galt auch im Schulunterricht: Führen durch Vorbild.

Seine Mutter hatte immer gesagt: Du brauchst Kinder nicht zu erziehen, sie machen dir sowiso alles nach.

Er fand diesen Satz zwar seltsam, weil er nicht fand, von seinen Eltern nicht erzogen worden zu sein. Seine Eltern waren bereits tot und so konnte er sie nicht mehr fragen.

Aber er glaubte, dass der Satz „Führen durch Vorbild", den er noch bei der Bundeswehr gehört hatte vor vielen Jahren, auch für die Lehrer*innen an Schulen galt, schlicht für alle Führungskräfte, seinen sie an Schulen, im Unterricht, seien es Direktor*innen, oder seien es Führungskräfte in Firmen, im öffentlichen Dienst oder in der Politik.

Und das Prinzip, Verantwortung zu übernehmen, war für Brauers oberstes Prinzip. Beispielsweise arbeitete eine Bekannte von ihm bei der Deutschen Bundespost. Warum wurde die abgeschafft? Warum heißt unser Fernverkehr-Schienennetz und die Züge, die darauf fahren, heutzutage „Deutsche Bahn AG"?

Warum gibt es keine „Deutsche Bundespost" mehr, sondern DHL mit Niedriglöhnen?

Sind wir keine Bundesrepublik Deutschland mehr, sondern eine Deutschland AG?

Dann sind *wir* heute die Kühe, die gemolken werden.

Unsere Politiker bekommen Tausende in den Hintern geschoben, wenn sie nur zwei Jahre im Amt waren und unsereins wird über Werbung und Medien zum Sparen angehalten und bleibt dabei finanziell unterversorgt, überlegte er, nachdem er seine Orientierung und seinen Weg zum Hermannsdenkmal wieder gefunden und sich für den restlichen Fußweg in Bewegung gesetzt hatte.

Und überhaupt, warum wurden Realschulen abgeschafft??

Jetzt erinnerte er sich an das unterbrochene Telefongespräch, das er mit seinem Bruder Arne begonnen hatte und versuchte, ihn anzurufen, doch der Bruder war nicht zu erreichen.

Mehrmals versuchte Falk Brauers, seinen einige Jahre älteren Bruder zu kontaktieren.

Im Grunde hatten beide einen guten Draht zueinander, außer, dass Falk seinen Bruder etwa nur jedes zehnte Mal im Schach besiegte. Doch immer, wenn etwas los war, konnten sie sich austauschen.

Nachdem Brauers einige Male beinahe über einen Stein oder über eine Wurzel gestolpert wäre auf seinem Waldweg zum Hermannsdenkmal, befürchtete er, dass er sich ernsthaft verletzen könnte, wenn er nicht aufpasste.

Als er sich umsah, entdeckte er einen Baum, vor dem ein Stein stand mit einigen interessanten Initialen und etwas Schrift.

Hier erkannte der ehemalige Geschichtslehrer sofort, dass es sich bei dem Baum, an dem dieser Stein stand, um eine soge-nannte „Jahn-Eiche" handelte, ein natürliches Denkmal also, ein Baum-Denkmal, welches vor mehr als 100 Jahren dem Turnvater Jahn gewidmet worden war.

Jahn war ein Mann, der, soweit Brauers wusste, Friedrich Jahn hieß, mit komplettem Namen Johann Friedrich Ludwig Christoph Jahn, und der die Turnerbewegung in Gang gesetzt hatte, eine Einrichtung, die der Jugend und den Leuten allgemein die Vorzüge von regelmäßiger Bewegung und von durch Bewegung geförderter körperlicher Gesundheit vermitteln wollte.
An dieser Eiche hielt Brauers inne.

Tja, so einen könnten wir auch heute wieder brauchen, fiel es dem ehemaligen Lehrer ein, als er sich die Störungen bewusst machte, die unsere Schüler, unsere Kinder, ja, die Zukunft unseres Landes durch den ständigen Gebrauch und ihre offensichtliche Abhängigkeit von Mobilephones hatten.
Nur wären die Kinder und Jugendlichen von heute wohl bedeutend schwerer zu Bewegung zu motivieren und auch kaum von ihren Handys weg zu bekommen.
Alles schwierig, dachte Falk, der sich an den Traum erinnerte, den er im Zug hatte. Er hatte sich gefühlt wie Arminius vor dessen langer Reise. Ja, irgendwie war er selbst ja auch auf einer Reise, die war aber bedeutend kürzer als die des Jungen vor knapp 2000 Jahren und wohl auch weniger beschwerlich.
Wobei: Mir Technik hatten's die ollen Römer schon drauf, für ihre Zeit. Echt, jetzt! Und bewegt haben die sich – die brauchten keinen Turnvater Jahn!!

Brauers glaubte, dass, wenn es mal einen sogenannten „Black-out", also einen totalen Stromausfall geben würde, wir so leben könnten wie die Kelten, Germanen oder Römer und uns daher keine großen Sorgen machen müssten.

Durch das nebelfeuchte Wetter musste Brauers sich die Nase putzen. Dabei hatte er für einen Moment den Eindruck, dass das Papiertaschentuch, welches er soeben aus der Plastikhülle gezogen hatte, nicht aus Papier, sondern aus Stoff war, aus Leinen oder Baumwolle, und dass er selbst nicht fünfunddreißig Jahre alt war, sondern etwa achtzig Jahre.

So etwas war ihm schon ein mal passiert: Er hatte den Eindruck, Otto von Bismarck zu sein.

Immer, wenn ihm das passierte, fühlte er sich, als stecke er in dem Körper des besagten Herrn und nicht in seinem eigenen, dem des Lehrers – beziehungsweise des ehemaligen Lehrers – Falk Brauers.

Nun fühlte er sich alt, etwa Achtzig. Er war hier anlässlich seines Geburtstages und bekam ein Ehrendenkmal aufgestellt, eben jenes, an dem er nur vor Minuten vorbei gegangen war.

Brauers wurde schwindelig.

Er hatte diese seltsamen Empfindungen und Eindrücke niemandem erzählt, weder seinem Bruder, noch seinem Hausarzt, denn er befürchtete, dass er vielleicht verrückt sei.

Ernstlich besorgt um seine Gesundheit sagte er sich, dass diese Halluzinationen von seiner Lebenssituation her rührten und von der Tatsache, dass er sich momentan in einer emotionalen Krise befand.

Genau gesagt steckte er in einer nicht alltäglichen Krise, in einer non-normativen Krise. Wenn zum Beispiel die Eltern sterben, dann ist das eine normative Krise, ist das normal, wenn sie altersbedingt versterben. Die Eltern zu verlieren, das passiert quasi jedem und ist gewissermaßen ein natürlicher Umstand. Den Beruf zu verlieren hingegen nicht.

Beruhigend erklärte er sich dies immer wieder:

Er befand sich in einer für ihn schlimmen Lebenslage und da war es normal, dass sein Bewusstsein ungewöhnliche Symptome hervor brachte, ihm sozusagen ein Theater vorspielte.

Brauers stützte sich an der Jahn-Eiche ab.

So wollte er dem Schwindelgefühl und den seltsamen Phantasien, die ihn überkamen, entgegen wirken.

Nun jedoch wurde alles noch schlimmer. Den jungen Mann beschlich das Gefühl, sich an seine eigene Schulzeit zu erinnern und zwar nicht an das Gymnasium, in dem sein eigener Vater Schuldirektor war, sondern an die „Plamann'sche Anstalt", von der er wusste, dass Otto von Bismarck dort zur Schule gegangen war, eine Institution zur Bildung und Erziehung für Knaben, deren Bildungs- und Erziehungskonzept auf der Arbeit Johann Friedrich Ludwig Christoph Jahns und Johann Heinrich Pestalozzis beruhten. Die Anstalt war schön gelegen am Rande von Berlin. Dahinter begannen die Felder. Immer, wenn er den Bauern dort sah, bekam Bismarck Heimweh nach Zuhaus.

Die Tatsache, dass er heftig niesen musste, holte Brauers wieder ins Hier-und-Jetzt zurück. Letztlich wurde er auch nicht schlau draus aus den Gespinsten seines Geistes und so beschloss er, um sich von seinen eigenen Problemen und der Sorge um seinen Bruder abzulenken, ein Youtube-Video vom Smartphone aufzurufen, das er interessant gefunden hatte. So viele mobile Daten hatte er noch.

Das Bild, was zu sehen war, hatte ihn angesprochen. Es schien aus Indien zu kommen.

Da Falk Brauers ohnehin daran glaubte, dass alle Menschen *einen* Ursprung hatten, störte der fremdartige Wandteppich ihn nicht, der zu erkennen war.

Der junge Mann gab bei Youtube ein: BR II Radio Wissen: Die Upanischaden – Geheimlehre.

Dabei erinnerte er sich an die Ereignisse der letzten Zeit. Dass viele Grundschullehrer unzufrieden sind, verstand Brauers sehr und es beunruhigte ihn.

Warum gaben die Herrschenden so viel Geld an den Landes-
chef der Ukraine, wenn es doch nicht Genug Geld gab, um den
Menschen im eigenen Land angemessene Löhne auszuzah-
len?

Oder gab es das Geld schon, nur die Sorgen der Menschen
wurden nicht berücksichtigt, schlicht ignoriert?

Um solch düstere Überlegungen zu seinem Heimatland und
seiner Lebenssituation und der vieler anderer Menschen vorerst
beiseite zu schieben, lauschte er nun konzentriert den Worten
und der Musik des Videos und achtete dabei auf seinen Weg
und auf die Sicherheit seiner Schritte.

Während des Gehens beruhigten ihn die Worte der Sprecherin:

„Grenzenlos hören. Bayern 2. Radio Wissen. Montag bis Frei-
tag. Die ganze Welt des Wissens. Kurz nach 9 Uhr und 15 Uhr.
‚Es ist die gelungenste und erhabenste Lektüre, die auf der
Welt möglich ist. Sie ist der Trost meines Lebens und wird der
meines Sterbens sein'.", beginnt die aufgezeichnete Radiosen-
dung mit einem Zitat des Philosophen Arthur Schopenhauer
über die Upanischaden, die alten indischen Weisheitslehren.
In diesen Upanischaden, was grob einfach bedeutet, dass ein
Schüler neben seinem Lehrer sitzt und ihm zuhört, geht es um

die Fragen: Wer bin ich? Wer ist Gott? Was soll ich tun? Was ist die Aufgabe meines Lebens? Bin ich von Gott verschieden? Bin ich von der Welt getrennt? Ist alles miteinander verbunden? Was ist der Sinn meines Lebens?

Diese Upanischaden waren quasi eine Form der Institution Schule im alten Indien, in der jeder adelige Schüler seinen eigenen Lehrer hatte.

Es wurde im Freien unterrichtet und so weit er wusste, gab es eine krasse Rückständigkeit dieser Schul- und Unterrichtsform: Sie war ausschließlich Jungen als den Schülern und Männern als den Lehrern vorbehalten.

Zumindest hatte er keine der Upanischaden gefunden, in dem Buch, das er sich vor einigen Wochen gekauft hatte, in der es um ein Mädchen als Schülerin und eine Frau als Lehrerin ging.

Brauers beruhigte sich damit, dass dies wohl der Tatsache geschuldet war, dass damals, als die Upanischaden aufgezeichnet wurden, immer noch krass das Kastensystem in Indien galt. Außerdem hatte er sein Buch nur oberflächlich durchgeblättert, vielleicht fand er ja noch Frauen in den Upanischaden.

Schon war er in einigermaßen besserer Stimmung und lauschte bewusst und konzentriert der Stimme im Handy.

Falk Brauers begegneten jetzt zum ersten Mal in seinem Leben Worte wie „Atman" und „Brahman".

Das heißt so viel wie „Selbst" und „Weltgeist". Dabei vernahm er die Sätze: „Tat Twam Asi. Dies bedeutet: Das bist du."

Das Video dauerte etwa 20 Minuten und als es beendet war, hatte der junge Mann etwa die Hälfte seines Fußweges zum Hermannsdenkmal zurück gelegt.

Neben seinem Smartphone, das Brauers trotz des beinahe leeren Akkus immer noch Informationen über Ziel und Wegrichtung gab, konnte er Hinweise über die Länge und Richtung der verbliebenen Reststrecke aus den reichlich vorhandenen Wegmarkierungen entnehmen.
Die Strecke war wirklich gut ausgeschildert.
Zum Glück, denn nun gab der Akku seines Handys den Geist auf. Brauers steckte es in die praktischen Beintaschen seiner Outdoorhose.
Das hatte er kommen sehen: Auf diese Akkus war eben kein Verlass – immer, wenn du sie am nötigsten brauchst, sind sie leer gelutscht!
Er wusste schon, warum er nach einigen Erfahrungen mit den Akkus von Mobilephones wieder dazu über gegangen war, im

Regionalzug Schreibblock und Bleistift oder Kugelschreiber für seine Notizen zu verwenden.

Da ihn seine Lebenssituation so sehr belastete, dass er Kopfschmerzen und Magenverstimmung bekam, wenn er nur daran dachte, sowie Angstzustände, zitternde Hände und Schweißausbrüche, versuchte er sich abzulenken, indem er sich in der Gegend umsah, die er durchwanderte.

Brauers betrachtete die Bäume, die am Wegesrand standen und schaute ab und zu in die Baumkronen.

Ein seltsames Gefühl beschlich ihn, nachdem er dies eine Weile getan hatte: Der Eindruck eines Dejavu ließ ihn nicht los.

Der Mann glaubte immer eindrücklicher, sich an die Gegend, die er erkundete, zu erinnern.

Doch wie konnte das sein? In seinem ganzen Leben war er noch nie hier gewesen. Auch nicht als kleiner Junge.

Kleiner Junge, dachte er.

Wie wird Arminius sich gefühlt haben auf *seiner* Reise, die in dieser Region hier ihren Start gehabt haben muss und die erst im fernen Rom endete.

Zu Fuß, auf Schiffen und auf einem Karren legten sie diesen langen Weg zurück, der mehrere Wochen dauerte.

Züge, Autos oder gar Flugzeuge gab es zu der Zeit, in welcher der Cherusker lebte, noch nicht.

Später, als Arminius seine Ausbildung im römischen Heer antrat, wurde er wegen seiner raschen Auffassungsgabe, seines militärischen Geschicks und seines Mutes gelobt.

Doch als Junge auf der Reise ins ungewisse, ferne Rom wird auch er sicher Angst gehabt haben.

Unweigerlich drängten sich die Bilder der Kinder im Zug zum Bahnhof Detmold in Brauers' Bewusstsein.

Der fremde Junge und seine Schwester und Arminius und dessen jüngerer Bruder Flavus – alle Vier haben tatsächlich einige Gemeinsamkeiten, erkannte Falk Brauers.

Sein zumeist recht einsamer Weg wandelte sich, denn ab und zu begegnete er nun vereinzelt einigen Leuten, die, ebenso wie er, in Richtung Hermannsdenkmal gingen oder aus der Richtung kamen, in die Brauers unterwegs war. Nebenbei erinnerte er sich an die Worte: „Tat Twam Asi", was in der Sprache der Inder „Das bist du" bedeutete.

Das bist du. Galt das auch für ihn selbst, für den 45 Jahre jungen und arbeitslosen Lehrer Falk Brauers?

Galt „das bist du" auch für ihn, der auf der Suche war, auf der Suche nach dem Hermannsdenkmal und dabei irgendwie auch auf der Suche nach sich selbst?

„Wer bin ich?", fragte er sich auf seinem Weg. Wer bin ich, dass mir all diese Dinge passieren?

Brauers blickte in den Wald und betrachtete die Bäume. Er schaute in die Baumkronen, als würde dort die Antwort auf ihn warten. Es ist tatsächlich wie bei dem Niakoda-Baum im Video.

Gewünscht hatte er sich einen stillen Anmarsch, jetzt an diesem nebligen Vormittag im Herbst, an dem er froh war, dass das Wetter nur feucht war und es nicht regnete.

Doch immer mehr Menschen kreuzten seinen Weg, Menschen, die laut redeten, über einen Parkplatz im Wald, der wohl voll war und das erschien den Leuten unerwartet, heute, Anfang November.

Falk Brauers bekam ungewollt all diese privaten Dinge von den Leuten mit, Informationen, die er im Grunde gar nicht hören wollte.

Während der junge Mann sich um sah und all die vielen bunten Menschen im nicht mehr so bunten Herbstwald um sich herum ertragen musste, fielen ihm besonders zwei junge Japanerinnen mit pinkfarbenen Haaren auf, nein, die Eine hatte hell blaues Haar.

Beide trugen Pippi-Langstrumpf-Zöpfe, weiße Kniestrümpfe, sehr kurze karierte Faltenröcke und weiße Pullover.

Sie fotografierten sich gegenseitig mit ihren Smartphones an langen Selfie-Sticks, lachten und unterhielten sich laut auf Japanisch.

Brauers verstand kein Wort von dem, was sie redeten, fühlte sich nur extrem gestört und war wütend darüber, dass ihm sein Schicksal nicht ein mal **EINEN** einsamen Moment der Erleichterung gönnte!

Er biss die Zähne zusammen und ballte seine Fäuste in seinen Jackentaschen.

Wenigstens wärmte ihn seine Kleidung gut.

Die Hose saß angenehm und seine Jacke war weit und gab ihm Schutz vor Kälte, gepaart mit genügend Bewegungsfreiheit, was ihn doch im Augenblick einigermaßen zufrieden stimmte.

Innerlich gab er sich einen Ruck und sagte zu sich selbst:

„Komm, Falk. Du bist so kurz vor deinem Ziel. Konzentriere dich auf das Denkmal. Alles Andere ist Nebensache."

In diesem Moment hörte er unweigerlich die Ausrufe seiner Mitreisenden, der Mitpassanten auf seinem Weg. Laute des Staunens und Aufatmens hallten durch die von Nebel verhangene, dünn bewaldete Gegend.

Da erblickte auch Brauers das Hermannsdenkmal!

Er sah es in einiger Entfernung durch die Bäume und über den Wald empor ragen.

Endlich, dachte er und in dem Moment, als er versuchen wollte, ob er nicht auch ein Selfie mit dem Denkmal aus dieser Distanz aus den letzten Energiereserven seines Smartphones heraus wringen konnte, wurde er unsanft am Rücken geschubst.

Zugleich quiekte ihm das Lachen der Japanerinnen ins Ohr.

Sein Blick auf den Bildschirm seines Handys zeigte ihm nur ein verwaschenes Foto. Unscharf. Alles unscharf, ärgerte er sich innerlich. Zornig wandte Brauers sich um und erschrak, denn er erkannte, dass das schlanke Mädchen mit den blauen Zöpfen einen starken Bartwuchs und einen künstlichen Diamanten auf einem Schneidezahn hatte, dazu zwei Piercings durch die Nasenflügel in der gleichen Farbe der Haare.

Ihrer Haare? Seiner Haare? Brauers war irritiert.

Er hatte die beiden bezopften Personen ja vorhin nur kurz von hinten gesehen, Rückenansicht sozusagen.

Mit der Stimme, die jeder bei einem etwa dreizehnjährigen Mädchen vermuten würde – so jung hatte Brauers die beiden geschätzt – quietschte die Person vor ihm etwas, das wie eine Entschuldigung klang, gefolgt von einem ungezügelten Lachen. Brauers war einen Augenblick sprachlos. Die Zwei hatten ihn beim ungestümen Fotografieren ihrer Selfies nicht bemerkt.

Nun nickte er nur ungeduldig, um bald wieder mit sich allein zu sein. Hatte er eine Sozialphobie ausgebildet? Vielleicht.

Erschöpft blickte er zum Denkmal und nahm sich vor, seinen „Hermann" nun ganz aus der Nähe zu sehen!

Sein Traum im Zug nach Detmold kam ihm in den Sinn, in dem der Vater des jungen Arminius seinem Sohn als Ratschlag mit auf den Weg gab: Nutze die Kraft des Alleinseins!

Tja, allein wäre er hier jetzt gerne auch, denn er wollte *seine* ganz private Verbindung spüren, die er zu diesem Monument hatte, der größten Statue seines Heimatlandes. Vor allem wollte er verstehen, *was* ihn hier hin zog.

Warum interessierte er sich so sehr für diesen Hermann, der doch nun schon so lange tot war? Weshalb berührte ihn dessen Geschichte so?

Wieso berührt uns Geschichte, wenn sie uns berührt?

Ja, genau das war das Geheimrezept seines Geschichtsunterrichts gewesen: Brauers glaubte an die Wiedergeburt, an Reinkarnation. Davon erzählte er aber seinen Schülern nichts.

Er sagte ihnen nur, dass sie sich vorstellen sollten, selbst in der Zeit gelebt zu haben.

Jetzt nehmen wir halt mal genau diese Jahre um die Zeitenwende, also etwa 18 vor bis so 21 nach Christus, plus minus ein paar Zerquetschte, weil unsere Zeitbemessung ja genau an dieser Stelle auch von einigen Wissenschaftlern hinterfragt wird. Das ist hier jedoch Nebensache.

Seinen Schüler*innen erklärte Brauers, sie sollten sich selbst Namen geben, in diesem genannten Fall sind dies nun Namen von Cheruskern.

Er stellte den Jugendlichen diese Namen vor, die er kannte, die überliefert waren, ähnlich klangen oder rekonstruiert werden konnten.

Es sollte schon möglichst authentisch sein, also echt, so wie die Cherusker wirklich lebten. Dann erklärte er den Kindern, was die Leute damals aßen.

Der Lehrer zeigte ihnen, welche Kleidung sie trugen.

Die Unterrichtseinheit nannte sich „Leben in der Antike".

Und im fächerübergreifenden Unterricht, dem Konzept, nach dem Brauers unterrichtet hatte, wurde dann in der Schule mit Knochenpfriemen genäht, also mit Nadeln aus Knochen von Tieren oder mit Nadeln aus Horn.

Echte, selbst von den Schülern gewebte Stoffe kamen zum Einsatz.

Die Schüler*innen trugen alle schlichte, normale schwarze Kleidung. Das selbst hergestellte Gewand wurde darüber gezogen.

Die Garne, Wollen und Webfäden, sowie die Pfrieme gehörten Brauers, er hatte sie zusammen mit einem Kollegen, der in einem Zoo arbeitete, hergestellt.

Brauers arbeitete auch mit Museen zusammen, mit den Landesverbänden, den Trägern der Museen.

Außerdem stand er in Verbindung mit Archäologen und seine Kollegin Sina, die eine gute Köchin war, hatte zum Abschluss der Unterrichtseinheit über das Leben in der Antike in Europa, der Cherusker und frühen Stämme, die rechts des Rheins siedelten, Getreidebrei gekocht, Hase, Wildschwein zubereitet, welches Sina vom Metzger bekommen hatte in der Wildsaison.

Und damit nicht genug: Dazu gab es Waldbeeren und Nüsse, Kräutertee, Ziegenkäse und Ziegenmilch, Honig, Fladenbrot.

Hmmm – lecker!!

Also da kam schon einiges an Speisen zusammen und weil die Kinder unter der Führung von Herrn Brauers sich auch gut benehmen konnten und wirklich interessiert mitarbeiteten, sich Namen gegeben hatten, die denen der Cherusker glichen oder zumindest ähnelten, wurde dieses Fest, das nicht fotografiert wurde, zu einem bleibenden Eindruck der Schüler*innen.

Brauers hatte den Schülern verboten, den Unterricht zu filmen und den gesamten Gebrauch von digitalen Medien in dieser

Unterrichtseinheit untersagt. Er hatte ihnen aber gezeigt, wie Menschen in der besagten Zeit zeichneten und malten.

Auf diese Art konnten die Schülerinnen und Schüler selbst Zeichnungen und Skizzen, Bilder anfertigen.

Selbst hergestellten Schmuck und Gebrauchsgegenstände wurden bei einem Schulfest ausgestellt, präsentiert und einige Sachen beim Basar des Sommerfestes verkauft, sodass die Unterrichtseinheit einen bleibenden sehr guten Eindruck bei den Schülerinnen und Schülern, Lehrerinnen und Lehrern, den Verwandten und Bekannten der Jugendlichen, die das Fest besucht hatten und auch in der Umgebung der Schule hinterlassen hatte, denn es war ein öffentliches Fest.

Den Besuchern konnte er das Fotografieren und Filmen allerdings nicht verbieten.

Brauers war immer ganz glücklich, wenn die Kinder sich auch nach der abgeschlossenen Unterrichtseinheit mit Segifried, Segibald, Segimer, Segestes, Segina, Seginelda, Thusnelda oder Arminius ansprachen. Ohne sich darüber lustig zu machen.

Der Unterricht hatte sie berührt und sie hatten es spannend gefunden, für einige Wochen immer mehr in die, für sie Tage zuvor noch so fremde und langweilige Welt der Antike einzutauchen.

Und Falk Brauers war insgeheim wieder selig.

66

3 Vom Unbekannten probieren

Wenige Schritte trennten den jungen Reisenden nur noch von seinem Ziel.

Endlich konnte Falk Brauers „sein" Hermannsdenkmal berühren! Und zwar war dies zunächst der mächtige steinerne Unterbau des Kolosses von Detmold.

Das ganze, gesamte Denkmal stand mit seinen knapp 54 Metern Höhe seit dem Jahr 1875, dem Jahr seiner feierlichen Einweihung, an just diesem Ort.

Brauers holte tief Luft. Er schloss seine Augen, um diesen Moment intensiver zu spüren. Die Hände des jungen Mannes glitten behutsam über das Gestein und seine Finger betasteten aufmerksam die Oberfläche dieses Kunstwerks, nach dem er sich so sehr gesehnt hatte.

Der Stein fühlte sich gut an.

Eine Art Beklemmung, eine schwere Last auf seiner Brust, etwas wie ein innerer Knoten, löste sich, befreite sich und entfaltete eine Kraft, welche er zuvor nie gespürt hatte.

Falk Brauers war es, als hätte er seinen inneren Schatz entdeckt!

Zwar fasste der Reisende nicht wirklich die Statue selbst an, die Statue, welche aus Eisen und Kupfer besteht und oben auf dem steinernen Unterbau hoch in den Himmel empor ragt.

Bis zur Schwertspitze misst dieser Hermann aus Metall mehr als 26 Meter.

Insgesamt ist das Hermannsdenkmal die höchste Skulptur Deutschlands.

Falk Brauers wünschte sich, dass dies für immer so bleibt.

Ganz ehrlich und aufrichtig hatte er diesen Hermann so herzenslieb, wie es einst Martin Luther empfunden haben muss und Brauers war sehr glücklich.

Überrascht gewann er den Eindruck, dass Steine reden können, dass dieser Unterbau des Denkmals aus Osning-Sandstein ihm alles mitteilte, was es bereits erlebt hatte, vor allem seine lange und oft schwierige Geschichte.

Eine Zeit lang stand hier nur dieser Sockel.

Doch die Menschen – und vor allem der Erbauer, Ernst von Bandel, der von 1800 bis 1876 gelebt hatte – glaubten so stark an ihren Helden und brauchten sein kraftvolles und Hoffnung tragendes Vorbild.

Brauers, der die Pfeiler berührte und dann nach oben in den Himmel blickte, sah inwendig in seine eigene Geschichte.

Das Monument konnte endlich fertig gestellt werden.

Dies geschah nach langen Zeiten des Dahindarbens und War-
tens. Im Inneren fühlte er dort sein eigenes ♥ schlagen, wo er

die Pfeiler anfassen und den Hermann sehen konnte, so, dass
er sich bald fragte, wie dies zustande kam.

Was berührte ihn an dem Hermann so sehr, fragte er sich immer wieder.

Der Mann setzte sich zu den Stufen nieder.

Allein wollte er sein, um sich selbst besser zu verstehen, um

seine eigene, innere Stimme lauter und klarer hören zu können,

denn er fühlte, dass die Stimme dieser Steine, die leise zu ihm

sprach, identisch war mit der Stimme seines ♥ens: Es hatte

auch dieses große Monument eine Krise durchlaufen, so wie
Falk Brauers selbst.

Leicht verärgert blickte er sich um und verglich die Stufen zum
Denkmal mit den Treppen in den Hörsäälen, in denen er stu-
diert hatte. In Köln war das gewesen.

Im letzten Jahrtausend. Da waren die Hörsääle genau so brechend voll, wie es hier vor Leuten wimmelte am Hermannsdenkmal.

Im Gegensatz zur Größe des Denkmals fühlte er sich klein und schwach. Ihm galt sein Hermann daher ganz besonders als Hinweis auf die eigene Hoffnung, als Fingerzeig auf bessere Zeiten und als Leuchtturm, der ihm in seiner Krise half, an sich selbst zu glauben und an die Möglichkeit, irgendwann, bald wieder ein Lehramt auszuüben und an einer Schule tätig zu sein. Wieder zu unterrichten!

Das war es, was Falk Brauers wollte! Das war, was ihm so sehr fehlte: Jungen Menschen sein Heimatland schmackhaft zu machen und den Weg aufzuzeigen und lebendig und anschaulich nachzuzeichnen, auf dem das Gestern zum Heute wurde und die Vergangenheit zur Gegenwart!

Niemals hatte er selbst dies Denkmal als Symbol für eine Gegnerschaft zu Frankreich gesehen.

Denn so, wie Falk Brauers Hermann, den Cherusker, liebte, so liebte er auch Karl, den Großen, unter dem das heutige Frankreich und das heutige Deutschland zu einer Einheit, einem Ganzen, einem Reich verschmolzen wurden.

Für Falk Brauers waren Deutschland und Frankreich **EINS** in

seinem ♥en.

Als Nationen sollten sie nur schön so bleiben, wie sie nun waren. Für Brauers herrschte Freundschaft. Und Freundschaft hielt er für das beste Ziel jeder Beziehung, sei sie nun zwischen Menschen oder Nationen. Die Beziehung zwischen Frankreich und Deutschland gefiel ihm so, wie sie jetzt war.

Gern schaute er sich Sendungen des Fernsehsenders Arte an, der eine Gemeinschaftsproduktion dieser beiden Länder war.

Na bitte! Geht doch!! Und es erinnerte ihn auch an Arminius. Der war halt ein toller Kerl!

Für eine Zeit lang hatte nämlich auch Arminius die Stämme rechts des Rheins vereint. Er war in seinem Herzen also ein Reichseiniger, wie später auch Otto von Bismarck, der Reichskanzler unter König und Kaiser Wilhelm I. war.

Er einte Menschen.

Er half ihnen, gemeinsam zu leben in **Frieden**.

Doch die Stämme des Rheins hatte der Sohn des Volkes der Cherusker offensichtlich überschätzt. Sie wollten keinen gemeinsamen **Frieden** und wurden ihm, Arminius, untreu, wie seine Frau, Thusnelda.

Dies jedoch lag in ungewisser Zukunft.

Zunächst verstrich die Zeit und er sehnte sich nach Thusnelda.

Er dachte auch oft an seine Eltern.

Wie mochte es ihnen gehen?

Als Arminius einige Zeit nach den Feldzügen in der Provinz Illyricum in seine Heimat in der Gegend des grauen Flusses, der heutigen Hase, zurück gekommen war, begegnete er Thusnelda. Er nahm wahr, wie sie sich entwickelt hatte und bemerkte, dass sie zu einer eleganten, klugen jungen Dame mit guten Sitten geworden war. Ebenso wie alle im Stamm der Cherusker liebte sie ihr Land und den Stamm und blieb den Menschen der Heimat treu verbunden.

Was würde sie von ihm halten, da er nun zurück kehrte in römischem Dienst, mit einem römischen Auftrag und in römischer Rüstung unter dem Banner und Zeichen des Landes, welches von einigen als Verbündeter, doch von einigen als Feind und Erpresser angesehen wurde.

Arminius hatte in Rom viel gelernt.
Der Wert einer Beobachtung, bevor man handelt, hatte sich häufig auch im Kriegsfalle ausgezeichnet.

Wer zuerst die Situation richtig einschätzt und anschließend aktiv wird, besitzt oft lebensrettende Vorteile!

Nach außen hin hatte er die Menschen seiner Heimat offenen ♥ens begrüßt.

Mit einem Teil seines Bewusstseins behielt er sich dabei vor, die Menschen, welche er in der Zeit seiner Kindheit zum letzten Male gesehen hatte, nach so vielen Jahren ganz neu kennen zu lernen.

Zunächst beobachtete er sehr genau, wie die Menschen in seinem Stamm miteinander umgingen.

Immerhin war der junge Mann nahezu sein halbes Leben fort gewesen, länger noch.

Thusnelda schien ihn immer noch zu lieben.

Für sie war er offenbar der Einzige geblieben, den sie begehrte, mit dem sie zusammen leben und mit dem sie vor Donars Heiligtum die heilige Weihe empfangen wollte.

Dies ärgerte ihren Vater, Segestes, sehr.

Die Fehde, die seit Urzeiten zwischen seiner Familie und der seiner Freundin bestand, hatte bislang durch nichts beigelegt werden können.

Arminius bedauerte dies, denn, nachdem er sich davon überzeugt hatte, dass Thusnelda ihn liebte und nur ihn, wollte er die Feindschaft der Sippen ein für alle Mal beenden.

Eines Abends kamen sich die beiden näher.

Sie wurden von niemandem beobachtet und waren allein.

Das geschah selten.

Die junge Dame sog die Gestalt ihres langjährigen Freundes mit ihren Blicken auf.

Ja, sie begehrte diesen Mann, den sie so lange vermisst hatte.

Für ihn hatte sie sich selbst aufgehoben.

In diesem einen Moment der Zweisamkeit wollte Arminius die Freundin Küssen. Er legte seinen Arm um sie, doch sie schob ihn sanft zurück.

Arminius runzelte die Stirn, er wollte ihr erklären, dass er sie heiraten wollte.

Er liebte sie. Überdies glaubte er fest daran, dass eine Verbindung zwischen Thusnelda und ihm vor dem Gott Donar höchst persönlich den uralten Sippenstreit ihrer Familien beilegen würde, der schon seit der Zeit ihrer Urgroßeltern bestand.

IMMERHIN GALT DER GOTT DONAR ALS DER MÄCHTIGSTE UNSERER HEILIGEN, DIREKT NACH WODANAZ, WELCHER WEISE IST UND MIT EINEM AUGE NACH AUßEN, MIT EINEM AUGE NACH INNEN BLICKT.

DAHER EHREN WIR UNSERE HEILIGEN FRAUEN, JENE, DENEN DIE FÄHIGKEIT, NACH INNEN ZU BLICKEN, ZU EIGEN IST.

Sie besitzen eine direkte Verbindung zu Wodanaz und erhalten von ihm Führung in allen Lebenslagen.

Besonders wertvoll sind diese Gaben in Zeiten der Not, bei bevorstehenden Unglücken und ebenso vor dem Kampfe.

Auch für das Heil einer Verbindung zwischen zwei Menschen kann Wodanaz um Hilfe und Inspiration gebeten werden.

Die Frau, wenn sie eine Seherin ist, wird sagen können, ob die Verbindung vom Schicksal gesegnet ist oder nicht.

Ich hatte mir fest geschworen, nicht Wodanaz, sondern meinem eigenen ♥ zu folgen, dem Donar in meiner Brust.

Unsere Alten nannten ihn bei seinem Namen, der im Stamm fast vergessen war:

Thunraz.

THUNRAZ BRINGT DIE DINGE IN DIE WELT, WEL-
CHEN AUFGRUND ALTER RITUALE UND BRÄUCHE
DIE GEBURT IN UNSER HEUTIGES DASEIN VER-
WEHRT WIRD.

SOMIT IST DIESER GOTT, DEM ICH MEINE TATEN,
MEINEN SPEER UND MEINE HÄNDE GEWEIHT
HABE, DER GEBURTSHELFER NEUER DINGE, VON
ERFRISCHUNG UND VERJÜNGUNG UNSERES ZU-
SAMMENLEBENS.

Thusnelda schien ihren Freund zu verstehen.

Sie lächelte und bedeutete ihm, dass sie sich an ihrem geheimen Ort treffen wollten.

Seit sie Kinder waren und von dem Augenblick an, da sie das
erste Mal eine Zuneigung zueinander empfunden hatten, da
hatte Thusnelda, die ja damals noch ein kleines Mädchen war,
zu dem Jungen gesagt, dass es ein Versteck gibt, wo ihr Vater
die beiden niemals suchen und daher auch niemals finden würde. Und zwar war das der Heuboden des Hauses der Familie
von Segestes, der Thusneldas Vater war.

In seinem eigenen Haus würde er das Versteck nicht vermuten.

77

Da Segestes dem Mädchen verboten hatte, mit den Kindern von Segimer und Segina zu spielen, waren sie schon als Kinder immer auf der Hut gewesen und hatten sich nur in Verstecken getroffen.

Eines Nachts erschien Arminius allein im Hause des Segestes, als er wusste, dass dieser fest schlief.

Die Gänse, die das Haus des Vaters Thusneldas vor Eindringlingen bewachen sollten, hatte der junge Krieger zuvor mit besonderem Futter umsichtig von sich selbst abgelenkt.

Thusnelda schlief auf dem Dachboden des Hauses, dem Heuboden, der als Materiallager und Ausguck diente und zum Lagern von Heu für das Vieh der Familie von dem Feld, das Segestes besaß und beackern ließ.

Die eigenwillige Thusnelda hatte durchgesetzt, dass sie dort schlafen durfte, da war sie gerade mal vier Jahre alt.

Und seit dem war ihr Schlafplatz auf dem Heuboden.

In dieser Nacht jedoch fiel es ihr schwer, zu Ruhe zu kommen.

Sie sehnte sich zu sehr nach Arminius, ihrem Geliebten.

Dieser hatte sich behände die Äste einer Eiche hoch gezogen.

Die starken Zweige des kräftigen Baumes reichten hoch bis in den Heuboden des Langhauses, in dem die Freundin sich in diesem Augenblick befand.

Der Vollmond spendete ausreichend Licht.

Mit einem beherzten Schwung gelangte der junge Mann ins Dachgeschoss des Hauses. Das Mädchen saß aufgerichtet auf dem Dachboden auf einer Leinendecke und lauschte auf jedes Geräusch.
Hell wach war sie und hatte ihren Liebsten erwartet.
Silbernes Mondlicht ließ ihre Körperformen durch das Gewand schimmern.
Ein feines Geschmeide zierte ihren anmutig geschwungenen Hals, Ohrringe aus Silber schmückten ihr Gesicht.
Ein hell glänzender, feiner Silbergürtel umfing ihre schlanke Taille. Erwartungsvoll reckte sie sich ihm entgegen.
Der junge Mann kniete sich vor die Schöne hin, die ihren Gürtel abnahm und sich still entkleidete.
Behutsam küsste Arminius sie.

Keinen Laut durften die Beiden machen, denn Thusneldas Eltern schliefen direkt unter ihnen.
Fremdartige, nicht alltägliche Geräusche hätten das Vieh unter ihnen im Stall des Langhauses, der nur durch eine dreiviertel hohe Wand von den Kammern der Eltern abgetrennt war, beunruhigt und möglicherweise aus ihrem Halbschlaf aufgeweckt.

Wenn die Kühe, Rinder, die Ochsen ruhen, liegen, und Ziegen sich aneinander drängen, schlafen und auch die Hühner fest eingeschlafen sind, war die beste Zeit, in der der vom Waffenhandwerk gestählte Krieger seine Freundin oft besuchte.

Das Mädchen saß da, ihre langen Locken verdeckten ihren wohlgeformten Busen. Anmutig und still lächelte sie ihren Geliebten im feinen Mondlicht an.

Er war nur mit einem Leinenhemd und einer langen Leinenhose bekleidet, die er geschickt abstreifte, ohne Geräusche zu machen. Mit gezügeltem Verlangen betrachtete er sie.

Ihr Liebreiz war unübertrefflich. Nie hatte er solch eine anmutige und schöne Frau gesehen. Und als Reiterpräfekt im römischen Militär waren ihm einige Frauen von Soldaten, Dienstmägde, Sklavinnen, Küchenarbeiterinnen, Heilerinnen oder Kinderfrauen begegnet. Keine war wie sie.

Für keine dieser Damen, Mägde oder Sklavinnen empfand er diese tiefe und innige, aufwallende Liebe, die seinen Körper erhitzte und seine Sinne schärfte.

Sanft fasste Arminius die junge Frau um ihre Taille und sie warf ihr langes, offenes Haar mit einer gezielten Kopfbewegung zurück auf ihren nackten, im Licht des Mondes glänzenden Rücken. Ihre Brüste waren warm und dufteten.

Sie kniete vor ihm, spreizte die Beine und legte ihre hellen Arme auf seine sonnengebräunten starken Schultern.

Wie berauscht begegneten beide einander im gegenseitigen Liebeszauber.

Behutsam und langsam drang er in sie ein.

Als sich ihre heißen Körper berührten, hielt Arminius seine Freundin fest und sie ließ sich voller Vertrauen und Hingabe in seine starken, kampferprobten Arme sinken.

Schweigend begegneten sie einander in fester Umklammerung, ihre Körper wogten rhythmisch wie die Zweige im Wind.

Dabei spürte er, wie er ihr vertraute. Ja. Sie liebte ihn, dessen war er sich sicher.

Während er tiefer in sie drang, waren seine Sinne hell wach und geschärft auf die Umgebung gerichtet.

Arminius wusste, dass Segestes ihn wahrscheinlich im Affekt töten würde, wenn er ihn hier oben erwischte. Doch dazu musste er erst einmal hier herauf kommen.

Auch die junge Frau war sich dieser Tatsache bewusst.

Sie liebte Arminius wegen seiner Rückkehr in ihre Heimat, er war zu ihr zurück gekehrt!! Seine Aufrichtigkeit, seine ganze Art, er selbst zu sein, seine Kraft – niemand konnte es mit ihm aufnehmen – dieser junge, mutige und kampferfahrene, ja, welterfahrene Krieger war der Richtige, das begriff sie jetzt!

Die schöne Cheruskerin hörte ein Geräusch im Haus und wurde vorsichtig. Sofort dachte sie an ihren Bruder, ihre Eltern – ihren Vater!

Thusneldas Vater war alt geworden in den vierzehn Jahren, in denen Arminius in Rom und seinen Kriegen die Welt gesehen und viel von ihr verstanden hatte.

Segestes hingegen war immer nur im Dorf und seiner Umgebung geblieben.

Wenn die Plattbodenboote der Römer in das Gebiet der Cherusker drangen, um ihnen, wie sie sagten, Waren, Geschenke aus der fernen Stadt Rom zu bringen, war Segestes ihnen entgegen gegangen und hatte auch die Schiffe gesehen.

Vom Fluss Rhenus und seinen Abzweigungen waren die Soldaten der Classis Augusta Germanica über den Fluss Lippia bis in die Nähe des Siedlungsgebietes der Cherusker gedrungen.
Mit Ochsenkarren oder zu Pferde ging die Reise weiter bis in die Nähe der Siedlung.

In einiger Entfernung hatten die Soldaten der Classis Augusta Germanica in der Nähe des Flusses Lippia bei den Asensteinen, den Osensteinen oder Opfersteinen, Eggsternsteine, wie die Felsen bei den Chauken hießen, ein kleines Lager errichtet.

Der Kaiser Augustus war weise, denn er regierte sein Land nicht nur mit dem Schwert, auch mit dem ❤️.

Gemeinsam mit seiner klugen, anmutigen und schönen Gattin Livia führte der Kaiser, den man in Rom „den Erhabenen" nannte, die Verbindung ganzer Völker und Nationen meist durch Krieg aber auch oft mit Geschenken und Milde herbei.
Dazu dienten auch die Schmucklieferungen, die Offiziere den Stammesfürsten zum Tausch oder als Geschenk anbieten sollten: Schmuck, Gemmen, feinste Perlen, Glasphiolen mit edlen Duftölen und Silberschmuck sollten ein sich Näherkommen anbahnen und gestalteten die Abwehr einfach lebender Völker aus deren Sicht meist schwieriger.
Was tun, wenn Luxus, Wohlstand und Ansehen winkten?

Warum wehren, wenn das Heiraten einfacher war?
Thusnelda im Wald der Cherusker, die von Rindern, Schweinen, Vieh, von schmucklosen Männern und Frauen in einfachen, erdfarbenen Tuchgewändern und Fellen umgeben

war, die einfache Speisen gewohnt war, welche wenig Abwechslung boten, war standhaft geblieben.

Selbstbewusst erkannte sie, warum es sich gelohnt hatte, ihre Leidenschaft zu zügeln, wenn sie das Schwert ihres Geliebten endlich, nach dessen Heimkehr aus den fernen Feldzügen, in dieser Nacht aufblitzen sah und seine Macht, unbändige Kraft und Hitze in ihrem Inneren spürte.

Während er Thusnelda gab, was sie so heißblütig ersehnte, lag die Klinge in der bronzenen Scheide und diese schimmerte im nächtlichen Mondlicht.

Dies ist sein Vertrauensbeweis, erkannte die junge Frau.

Wenn ich es wollte, könnte ich ihn damit töten.

Oder dies zumindest versuchen, berichtigte sie sich, nachdem sie ihre Chancen bei dem angenommenen Unterfangen abgewogen hatte.

Segimund, der siebenjährige Bruder der Thusnelda, schlief in einer kleinen Kammer neben dem Raum der Eltern. Auch er wollte den Römern dienen. Segimund hatte keinen römischen Namen erhalten. Neidisch war er auf Arminius und Flavus, die ja schon echte Männer waren und römisch hießen, wie er es selbst nannte, der kleine Kerl. Diese Brüder, die Kinder der Segina und des Segimer, die keine Namen der Cherusker bekommen hatten, als wären sie für den Dienst im fernen Reich schon vor ihrer Geburt bestimmt gewesen, beneidete er.

Er, Segimund, war ebenfalls Fürstensohn und somit stand ihm das gleiche Recht zu!

Mit seinem Vater hatte er heftig gestritten und hatte Arminius anschließend gebeten, ihn ohne die Einwilligung des Vaters mitzunehmen.

Da gab es jedoch ein Problem.

Dieses Problem trug den Namen Publius Quinctilius Varus.

Dieser war Senator und Feldherr der Römer, war Konsul gemeinsam mit Tiberius, dem ersten Bürger Roms und seit einiger Zeit Statthalter in diesem Gebiet, wo die Cherusker lebten, was noch keine offizielle Provinz der Römer war, was aber schon wie eine römische Provinz behandelt wurde.

Varus gehörte zur Familie des römischen Kaisers Augustus und war geübter Statthalter römischer Provinzen.

Was jedoch für Arminius das Ausschlaggebende war: Varus war sein Vorgesetzter. Er selbst konnte nicht entscheiden, wer in das römische Militär kam und sah keinen Sinn darin, seinem Vorgesetzten den Knaben Segimund vorzustellen.

Wenn Segimund einst zur Legion gehören sollte, würde sich das schon ergeben.

Arminius kümmerte sich um seine eigenen Anliegen.

Er durfte nicht zu lange bei der Freundin bleiben, sonst würde Varus unruhig. Die Selbstgefälligkeit und Selbstsicherheit dieses Statthalters empfand Arminius bisweilen als grotesk.

So zeigte er den Menschen, die hier in den Wäldern lebten, offen seinen Hochmut. Varus äußerte sich abwertend über die äußere Erscheinung der Mitglieder des Stammes der Cherusker, Chauken und der anderen Völker und beleidigte die Menschen, die vor ihm standen frei heraus und ohne Mitgefühl.

Er besaß im Umgang mit unterlegenen Stämmen kein Feingefühl, so wie aber sein Verwandter und Vorgesetzter, der Kaiser Augustus, er zog sich offen den Unmut und die Ablehnung der Menschen hier im Walde und auf dem Lande zu, das noch nicht offiziell zum römischen Reich gehörte und schätzte in keiner Weise die Folgen seines Benehmens ab.

Varus gefiel sich selbst so sehr in seiner Rolle als Statthalter und Machthaber, dass er glaubte, durch diesen, seinen Status, unverwundbar zu sein.

Arminius stimmte dies bedenklich.

Bevor das Gebiet der Cherusker und deren Nachbarstämmen rechts des Flusses Rhenus auch offiziell zur römischen Provinz erklärt werden konnte, musste es zuerst eingenommen, musste die Macht offiziell installiert werden, wie dies bereits in Gallien oder den Städten am genannten Fluss, dem Lager Vetera, dem

Oppidum Ubiorum oder dem Castellum bei den Treverern, dem Castellum apud Confluentes, geschehen war.

Der junge Offizier beobachtete alles ganz genau, behielt jedoch seine Erkenntnisse für sich.

Ein guter Offizier hört und sieht mindestens doppelt so viel, wie er sagt – zwei Augen, zwei Ohren, einen Mund – dies hatte er vor dem Beginn seiner Laufbahn als Offizier gelernt.

In Pannonien hatte er bewiesen, wozu er fähig war: An entscheidenden Stellen und in den ausschlaggebenden Momenten hatte er seiner Reiterei befohlen, die Taten zu tun und die Schritte zu unternehmen, welche letztlich zum Sieg des römischen Heeres geführt hatten.

Varus hatte ihn ehrlichen Herzens beglückwünscht.

Eigentlich mochte er ihn. Doch mit der Selbstzufriedenheit und dem Hochmut dieses hohen Vorgesetzten wollte er sehr vorsichtig sein. Aus Erfahrung wusste er: Das Wohlwollen eines Menschen kann schnell schwinden. Liebe kann in Hass, Freundschaft in Feindschaft umschlagen in einem winzigen Augenblick. Und die Anzeichen für einen Streit sind oft im Vorfeld zu erkennen.

Wenn man sie richtig zu deuten vermag.

Arminius war in der Uniform der römischen Soldaten in seine Heimat zurück gekehrt.

Offenbar hatte er sich den Mächtigeren angeschlossen, überlegte Thusnelda, als sie bei Arminius lag.

Er mochte gar nicht von ihr ab lassen, doch sie bedeutete ihm,
ihr eine Pause zu gönnen.

Sein Körper, sein Blick, sein Antlitz strömten eine ungeheure
und wilde Kraft aus, auch, wenn er ruhig vor ihr saß und sie
betrachtete. Und anlächelte.

Dass er sie liebte, war nicht zu übersehen.

Thusnelda befürchtete, dass die Eltern aufwachen könnten.
Den Ärger, der erfolgen würde, wenn sie die Beiden erwischten,
wollte sie sich und ihrem Freund ersparen.

Sie bat ihn daher, das Langhaus ihres Vaters zu verlassen.

Der Soldat zwang sich zu Selbstdisziplin.

Zum Abschied warf die Freundin ihm einen Luftkuss zu.

Aus der kleinen Luke der Dachkammer sah sie ihm nach, als
er, behände wie ein Eichhorn, über die starken Äste der Eiche
durch den Wald in der Dunkelheit verschwand.

Er bewegte sich jedoch nicht auf das Haus seines Vaters zu.

Naja, möglicherweise will er einfach nur seine Spuren verwi-
schen, überlegte sie, bevor sie glücklich und noch voller Kraft,

die sie von ihrem Liebsten geschenkt bekommen hatte, tief und fest einschlief.

Gut hatte die junge Frau ihren Freund beobachtet.

Arminius war nicht dem Weg zum Haus des Vaters gefolgt.

Er war tiefer in den Wald gegangen, um sich zurück zu ziehen, um allein mit sich zu sein.
Ihn hatten die feinen römischen Ohrringe aus Silber beunruhigt, der Ring, den eine Gemme schmückte, ein kleiner Karneol, zu einem Oval geschnitten, auf dem ein winziges barbusiges Mädchen mit typisch römischer Haartracht zu sehen war.
Der feine Silbergürtel, der ihre schlanke Figur betonte.
Was erwartete sie von ihm?
Wollte sie mit diesem Schmuck zum Ausdruck bringen, dass sie es begrüßte, wie sehr er mit Rom verbunden war?
Liebte sie Rom wie ihr Vater es tat?

Der junge Soldat wurde unruhig.

Wie einfach werden wir zu Römern, fragte er sich jetzt, da er sein Leben aus einer gewissen inneren Distanz betrachten konnte. Eben dafür musste er allein sein.

Und Ruhe haben. Äußerlich wie innerlich.

In der Ruhe liegt die Kraft.

Mit einer Hand voll Edelsteinen hatte Augustus das seiner

Frau erkauft, bevor er selbst es gewonnen hatte.

Natürlich hatten die Männer der Classis Augusta dem Vater des Mädchens diesen Schmuck verkauft, doch waren die Soldaten Roms nur der lange Arm des Augustus.

Auch Segestes war durch materielle Güter von der Überlegenheit dieses fernen, fremden Volkes überzeugt worden, das er doch gar nicht wirklich kannte.

Aufgeregt und beunruhigt prüfte der Krieger Arminius sein ♥:

Was wollte er selbst von den Römern?

Weshalb gefiel es ihm im römischen Militär so gut und warum liebte er seinen Dienst so über alles? War er denn wirklich so leicht zu beeindrucken?

Welchen Zielen jage ich hinterher, fragte er sich, während er sich mit beiden Händen durch seine schulterlangen Haare fuhr.

Er strich sich noch mit einer Hand über seinen gepflegten kurz geschnittenen Bart.

Vorsichtig musste er sein, denn seinen Mitmenschen war nicht zu trauen, zu lange war er der Heimat fern geblieben. Was hatten sie erlebt, was wurde beschlossen, während er fort gewesen war?

War er käuflich wie Segestes?

War Thusnelda käuflich?

Wie stark war dann ihre Liebe zu ihm?

War sie abhängig vom Wert seiner Geschenke?

Ihr hatte er bisher weder Münzen, noch Schmuck aus Rom geschenkt.

Er hatte sich selbst mitgebracht als Geschenk, als Überraschung, als Geste der Freude über ihrer Beider Wiedersehen.

Was hatte er alles erlebt, seit er die Römer kannte!

Tief in seinen Erinnerungen versunken und doch immer wachsam auf jedes Geräusch in dem dunklen, nur von dem sich in Wolken verhüllenden Mondlicht beschienenen Wald, saß der römische Offizier auf einem kleinen, unscheinbaren Stein in einem Waldstück, einem Stammesland der Cherusker.

Dies war sein Heimatland.

Doch bald träumte er, immer noch auf dem Stein sitzend, von den Mandeln, die er zum ersten Mal in seinem Leben von den Soldaten der römischen Schiffe, mit denen er von Zuhaus als elfjähriger Junge über die Mosel zum fernen Rom gereist war, geschenkt bekommen hatte.

Es war ein warmer Spätsommertag gewesen.
Der jüngere der beiden Offiziere, die sich für seine unversehrte Ankunft in Rom und die seines Bruders Flavus mit ihrem Leben verantworten mussten, hatte den stillen Arminius angesprochen, der, nachdem er sich von seinen Eltern verabschiedet hatte, noch kein Wort von sich gegeben hatte.
Da waren sie noch an Land gewesen, er durfte auf einem Karren reisen, hatte seine Mutter gesagt.
Sie hatte dabei versucht, stolz auszusehen.
In Wahrheit fürchtete sie um das Leben ihrer Kinder. Und sie würde herzzerreißend weinen und sich und ihrem Mann große Vorwürfe machen, wenn die Jungen fort waren.
Sie wusste das.
Und Arminius wusste es auch.
Denn er kannte sie sehr gut und liebte seine Eltern mehr als alles Andere auf der Welt.

Auf seiner Welt, die noch so groß war wie ein kleiner Wald mit einigen Lichtungen, Gewässern, einem heiligen Hain und einem Donarheiligtum darin.

Genau das würde sich ab jetzt ändern.

Nachdem er zuerst skeptisch die pelzigen braunen Steine in der Hand des fremden Soldaten beäugt hatte, musste der ihm einige Mandeln vor essen.
Dies schien der freundlich wirkende Mann in der beeindruckenden Uniform nicht ungern zu tun. Er strahlte über das ganze runde Gesicht und wirkte sehr glücklich.

„Hmmmm!", sagte er.
Das brauchte niemand dem Jungen zu übersetzen.
Er ließ sich daraufhin einige der seltsamen Nüsse in die Hand schütten. Und dann kostete er sie. Walnüsse kannte er und Haselnüsse. Besonders gern pulte er die Kerne der Bucheckern aus. Solch einen süßen Kern hatte er jedoch kaum gekostet.
Feigen bekam er zu essen und Datteln, die in einer Art Honig eingelegt waren. Dazu gab es Trauben, grün und rot und ein süßes, großes Stück Brot, das so köstlich war, dass er glaubte, im Land der Asen, seiner Stammesgötter, aufgewacht zu sein.
Und wo war er nun aufgewacht?

Ja, es stimmte, er hatte die Herrlichkeit Roms gesehen, ein innerlich friedliches Land, eine Stadt, ein Reich, welches unglaublicher, unbeschreiblicher und unübertrefflicher nicht sein konnte. Es hatte Zeiten gegeben, da hatte er sich dort sehr wohl gefühlt. Er, Arminius, war Thusnelda nicht treu geblieben.

Er wusste nicht ein mal, ob er sie je wieder sehen würde.

Sein Soldatenleben hatte ihn tief in seinem Inneren verändert.

Getötet hatte er. Unzählige und unzählige Male.

Seine Gegner hatten keine Chance gegen ihn.

Im Kampfe war er lange und umsichtig ausgebildet worden.

Die Römer wussten, wie man Männer zu Kriegern macht.

Zu Kämpfern Mann gegen Mann, zu Pferde, sie hatten riesige Maschinen, die brennende Geschosse abfeuerten, die so hoch flogen, so dass sie ihre Feinde sogar von der Luft aus bekämpften und mit riesigen Schiffen auch auf hoher See.

Boote besaßen sie, die bis in die letzten und kleinsten Gewässerchen reichten. Straßen bauten sie, die wie die Äste und Zweige eines Baumes von Rom aus die ganze Welt überzogen wie die Adern in einem guten Stück rohen Fleisch.

Kämpfen konnten sie, keltern und kunstfertig waren sie, kochen konnten sie! Das musste er ihnen lassen.

Doch – liebte er sie?

Das war seine wichtigste Frage.

Das war die entscheidende Frage, die er sich stellen wollte.

Bereits auf seinem Weg nach Rom als kleiner Junge hatte er gelernt, aufmerksam und furchtlos vom Unbekannten zu probieren. Er hatte Käse gekostet, Honigspeisen, Kuchen, Süßspeisen aller Art, es gab Essige in den verschiedensten Varianten, Oliven, Brot und Feigen, Hühnereier und Salate, Pinienkerne, Linsen, Kohl, Grünkohl, Mangold, die Blätter, Blüten und Früchte verschiedenster Strauch- und Buschgewächse, Kapern, Kresse, Lauch, Zwiebeln, Melonen, es gab noch schlimmere Dinge, wie Pilze, Kaiserschwämme, Steinpilze, Champignons und Trüffel, Schnecken, Muscheln oder Fische in Knoblauch und Zitrone, Kräutern und Salz.

Haltbar machen und würzen, salzen konnten die Römer Würste so gut und so lange, dass sie für Jahre und Jahrzehnte haltbar waren. Wacholderdrossel, Siebenschläfer, die feinsten Fischgerichte... oh, ihm lief das Wasser in seinem Munde zusammen, wenn er nur daran dachte.

Münzen hatten die Römer, solch eine „Währung" kannte der Knabe Arminius nicht, bevor er Römer kennen lernte. Kaufen konnten Römer Käse und Milch, Brot aus Gerste oder anderem Getreide. Dazu dann einen guten Wein oder einen ausgezeichneten Likör. Ja, es war schon ein feines Leben, das er geführt

95

hatte im fernen Rom, das musste er zugeben. Ihm behagte dieses Land, das ihm nun gar nicht mehr fremd war.

Mädchen hatte er gesehen, Sklavinnen, die ihm gegeben wurden, von deren Schönheit und Liebreiz, der Aufregung asiatischer und afrikanischer Körper hatte er sehr viel gelernt und geliebt. Er hatte deren Sprachen gelernt und ihren Geschichten zugehört, sie zu verstehen und zu mögen, ja, auch ab und zu zu lieben gelernt.

Er liebte viel und oft glaubte er, seine wahre Natur sei das Glücklichsein und die Liebe.

So sehr gefiel ihm, was er in und durch Rom und durch seinen Dienst als Offizier in der römischen Legion, dem römischen Militärwesen erlebt, gelernt und gesehen, was er verstanden und begriffen hatte: Wir Menschen lieben und leiden überall gleich.

In der Tiefe unseres Wesens gibt es keinen Unterschied!

Das hatte er in Rom gelernt.

Und dafür liebte er Rom und daher behagte ihm das Leben in Rom!!

Und doch behagte ihm manches auch nicht.

Oft hatte er am Lagerfeuer einen Traum gehabt, als die Soldaten Stockbrot an Weidenzweigen in das Feuer hielten, dass die Soldaten um ihn sich von ihren Sitzplätzen erheben und ihn mit den Weidenstöcken bedrohen würden, an denen vorne das Stockbrot hing.

Er träumte manchmal, dass mehrere Männer, in lange, weiße Gewänder gekleidet, um ihn standen und ihn dann der Reihe nach, abwechselnd mal, mal gleichzeitig mit Dolchen erstachen – oder waren es Gladii?

Nachdem er eines Abends Verkehr mit einer Sklavin gehabt hatte und ihr davon berichtet hatte, hatte sie gelacht und einfach gesagt, er habe geträumt, er sei Gaius Iulius Caesar gewesen, der große Konsul, Imperator, Onkel und Ziehvater unseres Herrn Augustus.

Es gab Menschen im römischen Heer, die an eine Wiedergeburt in dieser Welt glaubten. Was ist, wenn es dies wirklich gibt und was wäre, wenn er, der Junge aus einem Dorf rechtsseitig des Rhenus Fluvius, auch schon einmal gelebt hatte?

Als der junge Mann in einiger Entfernung die Stimmen mehrerer Menschen vernahm, entfernte er sich leise von seinem stillen Platz auf dem einsamen Stein im Wald und wanderte langsam zurück zum Dorfplatz, der seine Heimat war.

Würde er an diesem Abend seinen Vater besuchen?
Was würde seine Mutter sagen?

Bald erklang ein dem jungen Krieger bekanntes Geräusch: Es begann zu regnen. Die Baumkronen über ihm schützten mit ihrem Laub den Mann, der nun behände zurück ging und auf dem leeren, in Finsternis getauchten Dorfplatz niemanden erblickte. Seine Fähigkeit, in der Dunkelheit zu sehen, war sehr, sehr gut schon seit seiner frühesten Kindheit ausgeprägt.

Bei einem heftigen Regenschauer war sich der Reisende dessen bewusst geworden, dass sich der Kuchen, den er sich in einer Plastikschüssel von zu Hause mitgenommen hatte, langsam aber sicher in seinen Händen zu verflüssigen begann.
So war das eben mit den süßen Speisen: Sie halten nicht lang.
Entweder sind sie zu schnell aufgegessen oder es setzen sich Wespen darauf oder Bienen, sie kleben einem am Hemdsärmel oder es passiert sonst was damit.
Und manchmal verregnen sie eben halt.

Falk Brauers erwachte von seinen geistigen Streifzügen durch die Welt des antiken Roms. Er versuchte, sich die letzten heil gebliebenen Kuchenreste in den Mund zu schieben.
Da rutschte ihm alles aus der Hand und das letzte Stück landete in der schlammigen Pfütze zu seinen Füßen, in die bereits das zuvor zerflossene Kuchenstück hinein gefallen war.

So ein Mist, denn er hatte immer noch Hunger und besaß nun nichts zu Essen mehr.

Seine Reise hatte er nicht gut vorbereitet, bemerkte er jetzt.

Verärgert wischte er sich seine Finger an der Jacke ab, als er plötzlich vor seinen Augen eine große, saubere und ansehnliche Schale mit kleinen zu Rollen geformten Küchlein vor seiner Nase erblickte.

Brauers schaute hoch. Er sah zwei Mädchen vor ihm.

Es waren genau die beiden, über die er sich zuvor noch sehr aufgeregt hatte: Das Mädchen mit den pinkfarbenen und der Junge mit der hellen Stimme und den blauen Pippi-Langstrumpf-Zöpfen!

Der junge Mann schaute fragend und verdattert drein, als eines der Mädchen, das mit dem Bart, oder eben der Junge mit dem Bart, schon los quiekte:

„Gimbap", verstand Brauers. Aber das sagte ihm nichts und er machte wohl so ein lustiges Gesicht, dass die beiden schallend lachten. Dann unterhielten sie sich wieder und der Mann verstand kein Wort.

„Sushi. It's korean sushi", erklärte das pink bezopfte Mädchen.

„You can have it! Take it! Take it!"

"The Box?", brachte Brauers hungrig hervor.

„Yeah, you can have the Box, too," sang die Andere und wedelte mit einer zweiten Frühstücksdose vor seiner Nase herum, die noch größer war. Mit beiden Händen gestikulierte die Eine, als wolle sie Fliegen verscheuchen. Das sollte wohl heißen, dass er die Dose haben konnte.
Brauers glotzte die beiden dumm an.

„Thank You!", brachte er dann endlich hervor. So viel Englisch konnte er doch.

Die beiden Mädchen waren jedoch bereits einige Schritte entfernt. Selfies fotografierend. Und laut lachend. Sie hörten ihn nicht mehr. Danke, ihr Zwei, das ist echt total lieb, dachte Brauers bei sich und ihm kamen die Tränen.
Dass die Leute, die er zuvor hinfort gewünscht hatte, ihm nun aus seiner Patsche, aus der Not halfen, überwältigte ihn.
Der Gott oder die Göttin, an welche ihr auch immer glaubt, segne euch, sagte er noch dazu mitten aus seinem ♥.

Sushi hatte Falk Brauers noch nie probiert. Aber er hatte natürlich davon gehört. Gimbap jedoch war ihm völlig unbekannt.

Er griff eines der praktisch in Seealgen eingerollten Reis- und Gemüsestückchen und probierte es.

Köstlich!

Nun gab er Acht, dass ihm seine neue Mahlzeit nicht auch noch in die Pfütze fiel.

Neugierig überwand Falk Brauers seine Bedenken und begann nun auch selbst, vom Unbekannten zu probieren!

4 Kampftauglich

„Ihr seid die Sandkörner, aus denen wir unser Reich erbauen!"

Septimus, der Ausbilder einer aus den Provinzen und deren umliegenden Gebieten gerade frisch herein gekommenen Rekruteneinheit, brüllte seine Begrüßungsworte, die bei jedem neuen Schwung Jungsoldaten stets die gleichen waren, mit stets der gleichen Begeisterung.

Der gelbhäutige Kerl, der gut gelaunt war, aber dies kaum einem zeigte, war seit mehreren Sommern der Ausbilder einer kleinen Infanterietruppe, die ihr Quartier in der Stadt Rom hatte, dem Zentrum des riesigen Reiches.

„Schlamm und Matsch sehen überall gleich aus, mal ist er etwas heller, mal dunkler, dann sind feine Sande darin oder grobe Körner, Jungens. Ihr seid wie diese Körner, ihr seid der Schlamm, der Matsch, so, wie er hier herum liegt!"

Die ungleichmäßig geformte Truppe vor ihm hing irgendwie herum, einige quatschten miteinander, einige träumten.
Keiner war bei der Sache. Und die Sache hieß: Ausbildung!

Der neue Vorgesetzte wischte mit seinem Fuß, der in einer Ledersandale steckte, durch den Boden, so dass Sand und Staub aufwirbelten. Der Staub drang in die Augen und Nasen der Rekruten und bildete eine feine Schicht auf ihrer schweißfeuchten Haut. Septimus konnte das sehen, wenn einer nicht mit seiner Konzentration bei ihm war. Dann kam die Peitsche zum Einsatz. Nicht, dass er damit jemanden berührte.

So weit war er mit seiner Ausbildung noch nicht. Sicher würde das noch kommen. Die Jungen, die neu in der Rekruteneinheit der Armee aufgenommen wurden, mussten gewissen Ansprüchen entsprechen. Gesund und schnell von Begriff mussten sie sein, leichtfüßig, gut gewachsen, nicht zu hager, nicht dick.

Mit den körperlichen Voraussetzungen dieser Burschen war der Ausbilder zufrieden, nur mussten diese gestählt werden.

Heute jedoch reichte der Knall des Lederriemens, um die Jungen von ihrer Träumerei aufzuwecken.

Auf ihn, Septimus, ihren Ausbilder, sollten sie ihre Aufmerksamkeit richten!

„Ich werde aus euch Häufchen Lehm und Matsch Steine machen, hart sollt ihr werden wie die Steine und Mauern, mit denen wir unser Reich erbauen!"

Das Geräusch des Peitschenhiebs hatten sie aufgeweckt.

Als er die Burschen nach einigen Tagen so weit hatte, dass sie seinen Befehlen folgten, konnte er endlich mit einfachen Übungen beginnen: Marschieren, gleichmäßig und in der Gruppe, links herum, rechts herum drehen auf Kommando, gleichzeitig, ohne Beulen an den Köpfen.

Stillgestanden bedeutet, nur noch zu atmen und dabei bewegungslos den Körper anzuspannen, immer gepaart mit der Wachsamkeit auf ihren Ausbilder, Septimus.

Dieser war nun für die 80 Knaben unerlässlich, immer war er da, er aß mit ihnen, er ruhte mit ihnen, er schwitzte, litt und erholte sich mit ihnen. Er versorgte ihre Wunden, wenn sie sich beim Training verletzt hatten und er hörte sich auch die eine oder andere Sorge an, die seine Rekruten bewegte.

Zuletzt hatten sie Vertrauen zu ihm und das war es, was Septimus wollte: Die Kerle sollten begreifen: Allein seid ihr Nichts, die Armee ist Alles! Schließlich bereitete er seine Jungen nicht nur auf den Kampf, sondern auch auf das Überleben vor und er gab dabei all das, was er konnte.

„Seht euch diese Erde an, diesen Ton, der formlos ist und wie Sand oder Asche in meinen Händen zerrinnt und wie tot zu Boden fällt! So tot werden auch ihr bald sein, wenn ihr euch nicht formen lasst. Zu starken, wehrhaften, tapferen und mutigen Kriegern will ich euch formen!

Und glaubt mir, das steckt bereits alles in euch drin. Ihr habt die Wahl. Bei dem Einen kommt das Talent von selbst zum Vorschein, andere brauchen eben die Peitsche, um zu erkennen, aus welchem Holz sie geschnitzt sind. Und das aller Wichtigste, was ihr hier lernen sollt ist: Haltet zusammen. Gebt all eure Kraft, Soldaten, damit ihr euch aufeinander verlassen könnt! Denn im Kampfe habt ihr nur euch selbst und euren Nebenmann! Der ist euer wichtigstes Gut!"

Als Septimus diese Worte sagte, waren die Jungen still.
Septimus' Sätze drangen tief in sie ein, wie Honig, der auf ein Leinentuch fällt: Er war nicht mehr so einfach fort zu kriegen!

Arminius war schon daheim bei seinem Volk etwas größer als die meisten gleichaltrigen Jungen gewesen. Doch hier in Rom gab es einige junge Soldaten, die überragten sogar selbst ihn.
Sie wirkten wie geborene Krieger auf ihn und bewegten sich geschmeidig schnell und sicher, wie die Raubkatzen, die er einmal in einem Käfig beim römischen Markt erspäht hatte.
Mbaba war ein Jahr älter als er und konnte ihm noch locker auf den Kopf spucken. Er war gebürtig aus der Provinz Afrika und beschäftigte sich ohne Unterlass mit seinem neuen Kurzspeer, wenn er Zeit dazu hatte. Drehen, wiegen, hoch werfen und den Speer fangen waren für ihn kein Problem.

Aus dem Stand vermochte dieser junge Kerl in die Höhe zu springen, sich zu einer Kugel zu ballen, einmal um sich selbst zu drehen und sicher auf den Füßen zu landen.

Mit dem Gladius – besser gesagt einer Übungswaffe aus Holz, die die Rekruten nutzten – war er so schnell, dass auch Arminius sehen musste, dass er mit diesem Jungen mithalten konnte.

Mbabas Haut war so schwarz wie das Federkleid des Raben.

Wodanaz, der oberste Gott der Asen, der Götter seiner Heimat, dem Stamm der Cherusker, besaß zwei Raben.

Weil Arminius einen Zusammenhang sah zwischen der Farbe des Rabenfederkleids und der Farbe der Haut seines neuen Kampfgefährten, begann er rasch, diesen zu bewundern.

Arminius verehrte Wodanaz und so verehrte er auch Mbaba.

Schnell freundeten sich die beiden Jungen an.

Nun, beim Trainingskampf, waren sie gemeinsam in einer Schlammpfütze gelandet.

Der Boden des Platzes aus Lehm, auf dem die Jungen ihr tägliches Training in der sengenden Hitze der Sonne absolvierten, war absichtlich vom Ausbilder mit Schlick und Wasser vermengt, damit es den Kämpfern schwerer fiel, barfuß Halt auf dem Kampfplatz zu finden.

Ihre Kraft sollte aus ihnen selbst kommen. Das Ringen zu lernen, Kraft- und Geschicklichkeitsübungen, Wettbewerbe in Stärke und Schnelligkeit, Ausdauer und Durchhaltevermögen gehörten nun zum Alltag des Jungen, der vor einiger Zeit noch das ruhige Leben in den kühlen und oft feucht-nassen Wäldern der Gebiete rechtsseitig des Rhenus Fluvius gewöhnt war.

Später, wenn sie Soldaten wären, würden sie Schuhe tragen, Sandalen, so wie Septimus sie trug. Doch heute nicht.

Dieser Tag bedeutete für die jungen Rekruten sehr viel.

Septimus hatte ihnen gezeigt, wie man mit dem Kurzschwert kämpft.

Nun sollte jeder von ihnen ein Eigenes bekommen.

Dieses war zwar aus Holz und diente zu Übungszwecken, aber für Arminius, der diesen Tag kaum abwarten konnte, war das kein großer Unterschied: Er wollte diese Waffe!

Nachdem er in der Nacht einen seltsamen Traum gehabt hatte, in dem er von mehreren Männern in weißen Gewändern mit diesen Schwertern getötet wurde, allerdings mit echten Schwertern, mit Klingen aus Eisen, hatte er sich zornig geschworen, auf den Quatsch von bösen Träumen keinen Wert zu legen. Auch Septimus, dem er diesen Traum erzählt hatte, konnte ihn beruhigen.

„Du solltest diesen Traum für gut erachten. Er gibt dir die Wachsamkeit, bei allem, was dir geschieht, auch auf dich selbst Acht zu geben, denn auch du bist eine wichtige Kraft für den Kämpfer neben dir."

Der Ausbilder erklärte es ihm.

Septimus verschränkte seine Arme fest vor seiner Brust.

„So, wie ich hier stehe, kannst du meine Arme nicht greifen. Einen Arm alleine schon. Du bist wichtig, Arminius. Wichtig für dich selbst, wichtig für die Truppe, wichtig und wertvoll für Rom! Beschütze dich auch immer selbst!"

Arminius hatte verstanden und sah seine Erlebnisse, die er im Schlaf gehabt hatte nun als hilfreiche Warnung, im Kampf und auf all seinen Wegen aufmerksam und nicht leichtfertig zu sein.

Er dachte an Mbaba. Je besser er selbst im Kampf war, umso besser konnte er ihm und seinen anderen Kameraden Schutz geben. Das leuchtete ihm ein. Froh, diesen oft wieder kehrenden Traum als hilfreich erachten zu können, trainierte er weiter. Sogar in den Stunden, die den Jungen als freie Zeit zur Reparatur und zum Flicken ihrer Ausrüstung zu Verfügung standen, sofern er mit den Reparaturen und Flickarbeiten fertig war.

An vieles hatte er sich gewöhnen müssen: Hier in Rom zählten die Menschen nicht die Winter, sondern die Sommer und nannten sie ‚Jahre', was in der Sprache der Römer ‚Anni' bedeutete.

Ab und zu glaubte er, all diese neuen Worte, die nun auf ihn einprasselten, schon irgendwo gehört zu haben.

Es geschah bald, da vermochte der Junge in der neuen Sprache zu träumen und Septimus, der schon viele Kinder hatte Latein lernen sehen, der es ihnen auch täglich bei brachte, erkannte, dass Arminius dabei war, sich die Sprache in Fleisch und Blut zu Eigen zu machen und seine Muttersprache zu vergessen. Er nickte dem Jungen nur zu, lächelte und sagte:

„Gut so, mein Junge!"

Als die Sonne tiefer stand, konnten die Rekruten sich im freien Kampfe üben. Mbaba, welcher der Älteste war, wählte Arminius als Kampfpartner aus. Die anderen standen im Kreis um die beiden Kämpfer herum, Septimus gab einige Kommandos und der Freikampf konnte beginnen. Der Germane holte tief Luft.

In diesem Moment geschah etwas mit ihm: Arminius bekam so etwas wie einen Tagtraum, nur ganz kurz. Er sah eine Abfolge von Handlungen wie die Szene eines Theaterstücks vor seinem inneren Auge, in dem er selbst die Hauptrolle spielte.

In diesem Tagtraum war er schon ein mal hier gewesen.

Römer war er da gewesen, ein echter Römer, von Geburt her, kein Sklave. Er durchlief seine Ausbildung beim Militär in Rom, erhielt sein Kampftraining genau so wie jetzt und er war sehr gut darin.

Sogleich erkannte er, dass er, Arminius, nur hier war, weil er sich dies selbst gewünscht hatte.

Es ist im Grunde viel leichter. Anstatt ständig zu schimpfen und sich über vieles zu ärgern erkannte er schlicht, dass er selbst und nur er allein der Schöpfer seines Schicksals war.

Er hatte seine eigene Schatzkarte gezeichnet und allein den Schatz versteckt.

Das Versteck hatte er vergessen.

Aber da er selbst die Schatzkarte gemalt hatte, würde er sich auch wieder daran erinnern, wo er ihn vergraben hatte.

Der Junge erwachte aus seinem Tagtraum, weil es um ihn herum laut war.

Er öffnete die Augen und sah, dass die anderen Jungen lachten. Alle Rekruten warteten darauf, dass er Mbaba im Trainingskampf angreifen würde. Sie standen im Kreis um ihn und Mbaba stand ihm gegenüber.

Das Trainingsschwert in seiner kräftigen, dunklen Hand war am herunter hängenden Arm und den anderen Arm lässig in die Hüfte gestützt, grinste der große ebenholzfarbene junge Mann breit und blickte Arminius stumm an.

„Ich greife dich nicht an, wenn du die Augen geschlossen hast!", ruft er, als Arminius ihn endlich anblickt.

Als dieser begriffen hat, dass er geträumt hat am hell lichten Tag, gewinnt er schnell seine Fassung zurück.

„Das ist ein Fehler! Es könnte ein Trick sein!", hört Mbaba noch, dann sieht er die Holzwaffe seines Freundes auf ihn zu schnellen, die er gerade noch mit einem flinken Schritt zur Seite und einem Konterschlag abwehren kann.
Die Angriffe und Abwehrtechniken der beiden jungen Krieger gehen so fließend ineinander über, dass Septimus den Trainingskampf nach einiger Zeit unterbricht.

„Hört auf! Habt ihr das öfter geübt?", will er wissen.

Die beiden Jungen nicken, Mbaba streicht sich den Schweiß von der Stirn.

„Gut. Dann müsst ihr das alles jetzt vergessen, denn diese schnelle Art des Kampfes gibt es in meiner Heimat, in der Provinz Asia, in der meine Eltern geboren sind. Meine neue Heimat heißt Rom. Auch eure Heimat ist jetzt Rom und nun werdet ihr kämpfen lernen wie Römer!

Dort sind Rüstungen, Unterbekleidung. Mbaba, komm nach vorne, ich zeige dir, wie man solch eine Rüstung anlegt und ihr werdet euch zu zweit zusammen tun und es uns nach machen!"

Die Jungen blickten sich um und sahen auf einem Holztisch Gewänder, Stoffe und metallene, glänzende Rüstungsteile liegen. Still und neugierig warteten sie auf die Anweisungen ihres Ausbilders.

Arminius hingegen beobachtete seinen neuen Vorgesetzten genau, während dieser mit konzentriertem Geist dem Freund die neue Kampfbekleidung erläuterte.

‚Meine Heimat, die Provinz Asia', hatte er eben gesagt.

War er in seinem Inneren immer noch mit dieser Provinz verbunden?

Wie er selbst mit dem Stamm der Cherusker?

Hellhörig hatte er vernommen, was den anderen Rekruten offenbar entgangen war. Jedoch konnte er nicht sicher sein, ob er sich vielleicht getäuscht hatte.

Ich muss meine Gedanken für mich behalten, beschloss er, während die anderen Jungen aufmerksam den Anweisungen ihres Vorgesetzten folgten, zusahen, wie Septimus Sandalen aus Leder an Mbabas Füße zog, der, wie Septimus sagte, sich nun seine Sandalen verdient hatte.

Die Jungen betrachteten die Untergewänder, die unter der Rüstung getragen wurden. Bisher waren sie im Training nur mit einem Lendenschurz bekleidet gewesen. Nun sollten sie, die aus allen Provinzen Roms kamen, die in der Zeit erobert waren, auch äußerlich zu ganzen Römern werden.

Wie weit waren sie innerlich zu Römern geworden?

Über die Kleidung aus Stoff kam ein Lederpanzer, der aus einzelnen Segmenten gefertigt war und die Jungen begannen zu begreifen, dass nun der Ernst ihres Lebens begann.

„Diese Lederstreifen bilden eure Trainingsrüstung, die müsst ihr selbst anfertigen und anlegen können. Später werdet ihr Rüstungen aus Eisen haben. Auch die werdet ihr selber herstellen, vorerst, denn beim Marsch einer Militärkolonne fertigt der Schmied im Tross solche Dinge an. Auch die Eisenrüstung, die ihr selbst kaufen werdet, müsst ihr euch erst verdienen. Durch eiserne Disziplin. Die Rüstung aus eisernen Streifen heißt Lorica Segmentata", hörten die Rekruten.

„Die Rüstung ist schwer. Dazu kommt noch das Gepäck. Ihr seid schlappe Hänflinge und müsst erst stark genug werden, um das alles viele Stunden am Stück tragen zu können!"

Schweigen in der Runde.

Wenig später sind achtzig Jungen damit beschäftigt, sich gegenseitig die Trainingsrüstung aus Leder Schritt für Schritt gebrauchsfertig anzulegen. Septimus lässt die Einheit in acht Reihen zu zehn Mann aufstellen. Jede Reihe hatte genug Platz zur Vorderen, damit er gut zwischen den Reihen hindurch gehen konnte.
Mbaba war von ihm zum Sprecher der Einheit berufen worden.
Er trat nun aus der Ordnung in acht Reihen in der vordersten Linie einen Schritt vor und meldete seinem Ausbilder:

„Rekruten bereit zur Abnahme der Ausrüstung!", danach trat er den Schritt zurück in die Reihe.
Abnahme bedeutete hier nicht, dass die Rüstungen wieder abgenommen werden sollten. Der Ausbilder prüfte, ob alle Rüstungsteile bei jedem Rekruten ordentlich angelegt waren.
Abnehmen hieß an dieser Stelle: Prüfen. Dafür schritt Septimus ruhig durch die Reihen und betrachtete jeden Rekruten und dessen Rüstung genau.

Arminius bemerkte still, wie er die Kampfschule immer mehr genoss und entdeckte jeden Tag neue Dinge, die ihm seltsam bekannt vorkamen.

Ich war schon einmal hier, erkannte er.

Der Junge verstand nicht, wie dies sein konnte.

Er konnte sich selbst nicht erklären, wie er schon ein mal hier gewesen sein konnte, da er ja erst vor kurzer Zeit mit dem Schiff und mit seinem Bruder in diese Einheit gelangt war.

Sein Bruder Flavus hatte eigene Freunde gefunden in der Truppe von achtzig Personen und er selbst unterhielt sich nur noch selten mit ihm.

Als Arminius seinem Bruder an einem Tag erklärte, dass er das sonderbare Gefühl hatte, schon einmal in Rom gewesen zu sein und er selbst, Arminius, wisse auch nicht, wie das zustande kommen könne, schüttelte Flavus nur den Kopf, kräuselte die Stirn in Falten und sagte abfällig, Arminius habe schon daheim in Germanien solchen Blödsinn geredet.

Hatte er ‚daheim' gesagt?

Es gibt kein Germanien. Caesar hat das erfunden. Bevor Gaius Iulius Caesar in seinen Kriegsberichten die Stämme rechts des Rheins unter den Begriff „Germanen" zusammengefasst hatte, gab es auf der Welt und auf einer Landkarte kein Gebiet, das diesen Namen trug: Germanien.

Nun war Arminius ein Germane. Und er liebte Germanien.

Er liebte seine Heimat. Er sehnte sich selbst so sehr danach, wieder in den frischen und stillen Wäldern seiner geliebten Heimat zu sein, dass sein ♥ schmerzte.

Die nebelfeuchten Wälder, Moore und Sümpfe seiner Heimat! Das frische Grün im Frühling! Moos am Boden, weicher Pfad durch den duftenden Wald! Licht der Sonne spielt durch die Blätter! Und hier in der Stadt nur Stein, stinkende Kloaken, Mauern, Marter und Sklaven, Sklaven, Sklaven!

Arminius litt an ♥schmerzen, die kamen von der Trennung zwischen ihm und seinem Heimatland, Germanien.
Hier in Rom war der Boden hart wie sein Schwanz. In Germanien war der Boden weich wie der Schoß einer Frau.
Dies erzählte er niemandem, damit keiner über ihn lachte.
Auch Flavus nicht, der in einer anderen Zeltgemeinschaft war.
Doch in seinem tiefen Inneren voller Hoffnung hörte er gut zu, ob vielleicht ein anderer Rekrut solch ähnliche Erlebnisse hatte.
Einen Rekruten sollte er nicht finden.
Aber sein Ausbilder Septimus berichtete einmal einem kleineren Jungen, dem das Kämpfen nicht so leicht fiel, dass er sich freuen sollte über das, was er hier in der römischen Armee lernt.

Der Junge, der ebenfalls aus der Provinz Asia kam, wie auch Septimus, fragte, wozu er die römische Art zu kämpfen lernen solle. Es war beim Training mit dem Wurfspeer.

„Lerne es, damit du es beherrschst. Wir können alles, zu dem wir fähig sind, irgendwann einmal brauchen. Jetzt, in der Zukunft und vielleicht sogar in einem anderen Leben."

Der Junge, der Septimus diese Frage gestellt hatte, hieß Nico. Nico nickte und ging wieder zum Training mit dem Wurfspeer zurück.

Arminius erschauerte.

Hatte Septimus das wirklich gesagt?
Hatte er gesagt: In einem anderen Leben?

Gibt es das denn, dass wir noch ein anderes Leben haben?

Sollte er Septimus danach fragen?

Der Junge, mit dem seinem Ausbilder gesprochen hatte, war Nico aus der Provinz Asia und er besaß eine ähnlich gelbe Hautfarbe wie Septimus.

Ob Septimus der Geburtsname des Mannes war, der die Ausbildung dieser Einheit leitete?

Oder hatte er diesen Namen in der Armee bekommen?

In den nächsten Tagen würden alle Jungen der Ausbildungseinheit, in der sich Arminius, Nico, Flavus und Mbaba befanden, eine Prüfung absolvieren, nach deren erfolgreichem Abschluss es ein Fest geben würde.

Alle Jungen waren gespannt darauf und sehr angespannt.

Ihr Ausbilder hatte ihnen erklärt, dass es die Feier nur gibt, wenn *alle* Jungen die Prüfung bestehen.

Diese Tatsache setzte jeden von ihnen unter hohen Leistungsdruck. Keiner wollte der Anlass für den Ausfall dieser Feier sein. Nach so viel Zeit harten und entbehrungsreichen Trainierens, Kämpfens, Drill und Marschierens wollte jeder auch einmal Freude und eine Feier erleben!

Jeder einzelne der Jungen sollte das aller beste Können und Wissen von sich selbst an den Tag legen und sich selbst zum Äußersten fordern.

Macht euch dabei nicht verrückt, hatte Septimus gesagt.

Nur ein ruhiger Geist ist ein gesunder Geist und nur ein gesunder Geist ist kampftauglich.

In der Ruhe liegt die Kraft!

Alle Mitglieder der Einheit waren von Septimus Worten beeindruckt. Sie hatten gehört, was er erklärt hatte.
Sie dachten über seine Worte nach und verinnerlichten sie. So
waren sie in der Lage, das Gehörte in die Tat umzusetzen.

Doch Arminius bewegten schwerere Dinge.
Würde er Septimus auf das „andere Leben" ansprechen?

Lange fragte er sich dies und überlegte mit seinem Wunsch hin
und her. Dann erkannte er, er würde besser zunächst Nico fragen. Den sah er öfter und zu ihm hatte er einen einfacheren
Zugang, um mit ihm allein zu sein. Außerdem fiel er so weniger
auf. Arminius glaubte, er müsse sich mit seinem Anliegen be-
deckt halten und die Idee eines „anderen Lebens" lieber nicht
laut ausplaudern.

Septimus hatte die Jungen oft ermahnt, ihr altes Leben, was sie
vor ihrem Eintritt in das römische Militär gehabt hatten, zu vergessen. War mit dem anderen Leben also die römische Armee
gemeint? Oder das römische Militär? Oder überhaupt das Leben in Rom?
Würde Arminius wieder nach Germanien zurück kehren? So oft
hatte er an seinen Vater gedacht, an die Enten auf dem See
und an Thusnelda.

Er wollte sie nicht vergessen.

In einer kleinen Ledertasche hatte er ihre Kette aus Blüten aufbewahrt. Diese war mittlerweile zu einem unförmigen, trockenen Knäuel zusammengeschrumpft.

Dies jedoch machte Arminius nichts. Im Grunde brauchte er die Kette nicht, um sich an seine Freundin zu erinnern.

War sie wirklich seine Freundin oder wollte sie sich nur mit ihm schmücken und so selber ihr eigenes Ansehen im Stamm der Cherusker steigern? Solche Absichten gab es ja bei den Frauen. Dies war verständlich in einem Volk, wo Frauen nicht selbst kämpfen durften.

Frauen konnten bei den Menschen der Cherusker aber auch anders Ansehen erlangen, als durch das Kämpfen.

Beispielsweise konnten sie sich in der Heilkunde, durch seherische Gabe, in der Gestaltung von Kleidung, Gebrauchsgegenständen oder Schmuck, also im Kunsthandwerk, in der Zubereitung von Speisen, in der Herstellung von Tuchwaren, im Gebären und Aufziehen von Kindern und durch die Begleitung gebärender Frauen Ansehen erwerben.

Bei den Römern hießen solche Arten der Betätigung Berufsstände. In seinem Stamm sagten sie schlicht Aufgaben dazu.

Die Aufgabe war etwas, das eine Person gut konnte.

Was war Arminius Aufgabe?

Kämpfen konnten hier in der Einheit einige sehr gut. Viele konnten es gut. Wenige brauchten bei einigen Dingen etwas Unterstützung aber Septimus schaffte es, auch diese Jungen zu guten Kämpfern zu machen.

„Du machst dir zu viele Gedanken über unwichtiges Zeug," hatte ihm Flavus gesagt.
Vielleicht stimmte das auch. Aus der Sicht des römischen Militärs. Für Flavus existierte seine Vergangenheit nicht mehr. Er hatte einfach los gelassen. Er war ganz Römer geworden.

Arminius fiel das nicht so leicht.

Warum war das so?

Nach der Feier, das hatte sich der Junge fest vorgenommen, wollte er Nico fragen, was mit dem Satzteil: ‚Ein anderes Leben' gemeint war.

Würde die Feier statt finden, wenn alle Jungen die Prüfungen bestanden hätten, dann gäbe es nach Abschluss des Festes ein Ritual, das dem Militär heilig war.

Es war die Standartenweihe und der Name, den die Einheit erhalten würde: Die Einheit, in der Arminius nun seit mehreren Monaten ausgebildet worden war.

Die Grundausbildung war abgeschlossen und jede Zeltgemeinschaft hatte sich bewährt.

Die Einheit, bestehend aus zehn Zeltgemeinschaften, in der Mbaba, Nico, Flavus und Arminius waren, konnte so, wie sie aus den Männern zusammengesetzt worden war seit Beginn an, nun offiziell als Kampftruppe in das römische Heer übernommen werden.

In jedem Zelt lebten, aßen, putzten, nähten, kochten und schliefen acht Soldaten, die aufeinander, auf ihre Rüstung und Ausrüstung acht gaben, sich untereinander halfen und sich selbst versorgten.

Es war die Bildung einer neuen offiziellen Zenturie, der kleinsten Einheit der Legion. Septimus war stolz auf seine neue Zenturie, die achtzig Jungen, die er selbst ganz alleine ausgebildet hatte. Und er freute sich auf das Fest.

Es war die Vorbereitung auf die Eingliederung der Zenturie in die kämpfenden Truppenverbände.

Zudem würden die Rekruten geehrt, die sich in der Ausbildung einen besonders guten Namen gemacht hatten. Der schnelle und gewandte Mbaba gehörte auf jeden Fall dazu.

Doch Schnelligkeit und Gewandtheit spielten im römischen Militär eine untergeordnete Rolle.

Wichtiger noch als persönliche Höchstleistungen im Zweikampfe waren die Verlässlichkeit auf den Mann als Kampfgefährten, die Treue und Kraft für seinen Nebenmann sowie Disziplin und Durchhaltevermögen in der Schlachtenreihe, wenn ein anderes Heer auf einen zustürmt.

Auch das hatten sie geübt.

In Schlachtenreihen waren sie aufeinander los gegangen, ohne Schwerter oder Speere, nur, um zu üben, wie man eine Reihe hält, die heftig bedroht wird und in Bedrängnis gerät.

Wer in dieser Situation einen kühlen Kopf behielt und dabei Treue, Verlässlichkeit, Stabilität und Kraft als brauchbare Stütze für seinen Nebenmann bleibt, der galt im Sinne der römischen Armee als guter Kämpfer.

Viele der Jungen hatten sich auf die genannte Art als kampftauglich erwiesen.

Einer von ihnen war Arminius. Er war sehr begabt im Einzelkampf und behielt gleichzeitig den Überblick über die Stabilität, die Situation einer Kampfreihe oder einer ganzen Truppe.

Septimus gefiel diese Art an Arminius sehr gut.

„Du hast eine besondere Begabung für den Kampf," hatte Septimus ihm in einem ruhigen Moment gesagt.

„Morgen werde ich deine Fähigkeiten vor der Gruppe loben, doch ohne deinen Namen zu nennen. Du musst dann wissen, dass du diese Gabe schon hast. Ich will, dass auch die anderen Jungen es begreifen und in die Tat umsetzen. Aber das kann nicht jeder. Wir werden sehen, Arminius. Wie fühlst du dich?"

„Ich fühle mich gut, Septimus."

„Ist dir aufgefallen, dass einige der Jungen neidisch auf deine Kampfkünste sind?"

„Ja, aber es gibt auch noch weitere Männer, denen das so geht, Mbaba zum Beispiel."

„Achte auf deinen Rücken, wenn du dich im Lager frei bewegst. Hier bei der Ausbildung kann ich euch zusammenschweißen und in der gesamten Armee sollte ein Geist des Zusammenhalts und der Eintracht herrschen.

Wir sind aber alle nur Menschen.

Wenn Einer dir etwas neidet, ist das nicht ein Groll gegen dich persönlich, sondern einfach die menschliche Charakterschwäche dessen, der dich so beneidet," erklärte Septimus.

Nun fasste der Junge Mut, auch an Septimus eine persönliche Frage zu richten.

„Ja. Danke. Ich werde dies beachten und auf meinen Rücken achten. Darf ich eine persönliche Frage an dich richten?"

„Nur zu!"

„Wo hast du so eindrucksvoll zu kämpfen gelernt, woher stammst du und ist Septimus dein wirklicher Name?"

Septimus lächelte zuerst verschwiegen. Er sah seinem Rekruten dessen Nervosität an.
Er richtete sich auf und die Sonne glänzte auf der gelblich-erdfarbenen Haut des Mannes, auf dessen kraftvollem, sehnig durchtrainierten Körper und ließ das Spiel seiner Muskeln noch interessanter erscheinen.

„Im Kaiserreich, das sich Land der Mitte nennt, in China, habe ich das Kämpfen erlernt. Seit Generationen dienten meine Väter in der Armee der Provinz, aus der auch unser erster Kaiser Stammte, Chin Shi Huang Di.
Meine Mutter führte eine kleine Seidenweberei in diesem Land und nahm mich mit auf die Reise, als ich in deinem Alter war.

Sie brauchte meine Hilfe, denn ich war ihr siebter Sohn, die anderen waren entweder als kleine Kinder oder in der Armee gestorben.

Schon in China war mein Name Septimus, also Chi, das heißt Sieben oder Siebter. Septimus bedeutet einfach nur Siebter.

Ich bin der siebte Sohn.

Meine Mutter lieferte Rohseide an den Kaiser Augustus. Heute lebt sie in Rom und arbeitet als Warenprüferin am kaiserlichen Hof. Sie ist in Rom geblieben, weil der Kaiser sie angefordert hat. Er hatte ihr frei gestellt, hier zu bleiben und in seinem Dienst in einigem Wohlstand ein gutes Einkommen zu haben als kaiserliche Seideprüferin für die weiter über die Seidenstraße herein kommenden Lieferungen von Rohseide, die dann jemand anders bringen würde oder ob sie zurück wollte.

Und sie hatte sich eben entschieden, hier in Rom zu bleiben.

Wo gibt es denn so etwas, einen Kaiser, der eine Händlerin nach ihrer Meinung fragt? Meiner Mutter geht es hier gut.

Und ich habe hier meinen Platz gefunden, ich habe mich nicht, wie jeder normale Legionär in diesem Militär, für zwanzig Jahre verpflichtet, ich habe mich für meine gesamte diensttaugliche Lebenszeit verpflichtet, ich bin ein Berufssoldat, Arminius.

Soldat sein. Und Rom dienen, Augustus dienen, der meiner Mutter so sehr geholfen hat. Das ist mein Leben!

Warum fragst du mich das?"

„Nun, ich habe gehört, dass du Nico von einem ‚anderen Leben'
erzählt hast. Ich weiß, ehrlich gesagt, nicht, was ich verstanden
habe. Hast du so etwas mal gesagt?"

„Ja, das kann schon sein. Seit Mönche des Buddha Gautama
auch nach China gekommen sind, geschickt worden von König
Ashoka aus dem Reich der Hindu, wird dort, in China, wieder
mehr gesprochen von der Lehre der Wiedergeburt.
Solche Dinge sind aber bei uns in der Gegend nicht neu.
Immer wieder wird die Lehre von der Wiedergeburt neu erklärt,
in neue Namen gekleidet und erhält ein frisches Gewand.
Im Grunde ist es immer das Selbe:
Unsere Körper kommen aus der Erde, aus dem, was wir essen
und trinken, auch das Tier ernährt sich von Pflanzen oder
Pflanzenfressern und die Pflanzen ernähren sich vom Boden,
von Wasser, Feuer der Sonne, von Luft und Licht. Es sind die
vier Elemente, aus denen unsere Körper kommen und zu denen wir wieder zurück kehren.
Bei den einen Völkern wird die Asche des Körpers ins Wasser
gegeben oder der Leib wird vom Schiff aus auf dem Meer ver-
brannt. Andere verbrennen die Toten und stellen die Asche in
Tongefäßen auf den Boden oder in den Boden, vielleicht unter
einen Hügel aus Sand oder Stein. Andere Völker lassen die
Leichen auf hohen Türmen von Geiern fressen.

Das ist der Weg des Körpers, Junge, den auch dein und mein Körper irgendwann gehen wird. Unsere Seele aber ist reines Sein, reines Bewusstsein und ewige Freude. Wir sind im Inneren Freude, mein Junge.

Nur wir Menschen vergessen das, weil wir so viel Aufmerksamkeit auf die Notwendigkeiten unseres Alltages richten und dies ist überall und immer schon so. Das ist nicht neu," erklärte der Ausbilder mit einem seltsamen Leuchten im Gesicht.

Arminius war sprachlos und war stumm geworden.
So sehr hatten ihn die Worte dieses Mannes bewegt.
Wie alt mochte er wohl sein?

Vielleicht fünfunddreißig Anni?

Doch Arminius wollte nun keine Fragen mehr stellen.

Wir sind in unserem Inneren reine Freude.

Das hatte ihn umgehauen. Innerlich jedenfalls.

Sollte er das glauben?

Wenn da was dran war, warum fühlte er es dann nicht?

„Wenn es noch etwas gibt, was du von mir wissen möchtest, dann sage es jetzt, mein Junge, denn du hast eine Aufgabe bekommen, um unser Fest vorzubereiten und das tun wir jetzt gleich!"

„Wird das Fest denn statt finden?"

„Ja. Aber sage es niemandem, die Anderen haben zwar auch, wie du, eine Aufgabe bekommen, doch sie wissen bei dieser Aufgabe nicht, worum es sich handelt. Sie ahnen es nur."

„Wie alt bist du?"

„Fünfunddreißig Jahre", antwortete Septimus und grinste.

„Würdest du mir sagen, wie der Name deiner Mutter lautet?"

„Ja, das würde ich", erklärte der Ausbilder und während er schmunzelte, bildeten sich Legionen kleiner Fältchen auf seinem wettergegerbten Gesicht.

„Und – wie heißt sie?"

„In China hieß meine Mutter Yü Lian Wei.

Da unser Kaiser Augustus jedoch wusste, dass kaum ein Römer diesen Namen aussprechen könnte und da es ihm wichtig ist, dass wir mit unserem römischen Namen auch die römische Kultur annehmen, taufte er sie kurzerhand um auf den Namen Julia."

In diesem Augenblick, als Arminius den weiblichen römischen Vornamen hörte, erlebte er wiederum eine Art Theaterstück in seinem Inneren.

Hierbei war er ein junger römischer Adeliger. Er wusste einfach, dass es so war. Ein Mädchen, das etwas jünger war als er, welches feine Kleidung trug und deren Haare nach Rosenöl dufteten, legte ihr Kinn auf seine linke Schulter, hielt vor sich eine edle Perlenkette, trat vor ihn hin, reckte ihm ihren Nacken entgegen, hielt die offene Kette vor ihre Brust und bat ihn:

„Gaius, mein liebes Bruderherz, machst du mir den Verschluss von der Kette zu?"

Der Junge, der Gaius genannt worden war, nahm die Perlenkette an ihren beiden Enden, während das Mädchen sich die Locken aus dem Nacken strich und tat, wie ihm geheißen.

Daraufhin belohnte die Schöne den Knaben mit einem Kuss auf die Wange und entschwebte hinaus in den Garten.

Arminius war ganz verwirrt.

Gaius, Bruderherz, summte es in seinem Kopf.
Was hatte dies alles zu bedeuten?

„Wir wollen den Karren mit den Weinfässern in das große Zelt rollen, Arminius! Kommst du?", fragte Septimus, dem die Verträumtheit oder sogar Verwirrtheit seines Schülers aufgefallen war. Er blieb stehen und betrachtete den Jungen aufmerksam.

„Was ist los, mein Sohn?", erkundigte er sich.

Arminius wachte aus seiner Verwirrung auf.
Die Anrede seines Ausbilders hatte ihn aus der Trance geweckt.

„Es ist nichts – es – es ist alles in Ordnung," gab der Junge zurück und konzentrierte sich auf seine Aufgabe.
Was er in seinem Inneren gesehen hatte, vermochte er nicht in Worte zu fassen.

Etwas Großartiges stand bevor. All dies wollte er durch seine verrückten Tagträume nicht gefährden.

Während Septimus mit einigen Rekruten den Karren mit dem Wein in Holzfässern in das große Gemeinschaftszelt schoben, rutschte Arminius die Frage heraus, ob Septimus Augustus, den Kaiser Roms, je persönlich kennen gelernt hätte.

Als die anderen Jungen diese Frage hörten, hielten sie in ihren Bewegungen inne.

Marco, Liudger, Sebastian und Urs, die aus dem Stamm der Helvetier kamen und zur Zeltgemeinschaft des Arminius gehörten, trauten ihren Ohren kaum, als sie die Antwort ihres Vorgesetzten vernahmen.

„Ja. Unseren Kaiser Augustus habe ich persönlich kennen gelernt. Mich und dreißig andere Männer hat er selbst zu Ausbildern der Armee ernennt, zu sogenannten Multiplikatoren. Seinen besonderen Stolz und seine hohe Anerkennung unserer Leistungen hat er gelobt und uns Medaillen verliehen."

Septimus berührte die große Goldmünze, die er an einem breiten Lederriemen um den Hals trug.

„Ich habe ihm direkt in die Augen gesehen. Sein Blick ist kraftvoll, er ist mächtig, klug und weise und ich hatte den Eindruck, dass er sich mit mir verbunden fühlt. Mit uns allen Soldaten. Er ist in seinem Herzen einer von uns, Männer!"

Septimus Stimme begann sich zu überschlagen, sie wurde brüchig, so sehr rührte den Soldaten die Erinnerung an diesen Augenblick.

Nach einem kurzen Schweigen und Innehalten der kleinen Gruppe von Menschen in diesem großen Zelt gab Septimus von Neuem den Takt an.

„Weiter machen, es ist viel zu tun. Wir wollen schauen, wie gut die Anderen mit ihren Vorbereitungen vorangekommen sind!"

Der Glanz in den Augen ihres Ausbilders blendete einige der Jungen, obwohl sie ihn nun schon gut kannten. Wenn Septimus ihnen ins Gesicht blickte, sahen die meisten der jungen Burschen zu Boden. Arminius hingegen nicht. Auch er fühlte sich auf eine besondere Art mit Septimus verbunden, die der Einigkeit zwischen diesem und dem Kaiser ähnlich zu sein schien.

Im Ausbildungslager herrschte rege Betriebsamkeit, Zelte wurden errichtet, Waren ausgegeben, Tische, Bänke und Öllämpchenhalter aufgebaut, Fackelhalter und Körbe aus Drahtgeflecht für Holzscheite, die in der Nacht angezündet werden sollten.

In der Mitte des Platzes würde das große Lagerfeuer sein.

Tonkrüge und Schweinsblasen dienten als Ausschankgeräte.

Teller aus Holz und Holzlöffel für die Fleischsuppe wurden verteilt. Fleisch gab es selten zu essen in der römischen Armee.

Normal war ein Getreidebrei, der die Bezeichnung Puls trug.

Die Zeltgemeinschaften hießen in der lateinischen Sprache Contubernium. Die Männer eines solchen Contuberniums bereiteten ihr Essen im normalen Alltagsverlauf selbst zu. Eine solche Zeltgemeinschaft von acht Personen stellt den Grundbaustein der Legion dar.

Zehn Zeltgemeinschaften, wie die Unsrige, bildeten zusammen eine Zenturie, was die kleinste taktische Abteilung einer Legion war. Fasste man sechs Zenturien zu einer Kohorten zusammen, hatte man eine Einheit von Vierhundertundachtzig Soldaten. Diese mal Zehn, also Viertausendundachthundert Soldaten, bildeten – zusammen mit Reitern und Tross-Soldaten – eine Legion. Der Feldherr Marius hatte vor fast 100 Jahren die Heeresreform eingeführt, bei der eine Zenturie mit der Stärke von achtzig Männern die taktische Einheit einer Legion war.

Septimus hatte es sich zur Gewohnheit gemacht, seine achtzig Jungen aufzufordern, gemeinsam einen Namen für ihre Zenturie zu wählen.

Nicht etwa nur eine Nummer sollte diese Einheit tragen, wie es beim römischen Militär spätestens seit Kaiser Augustus üblich war, also erste, zweite, dritte Zenturie und so weiter.

Ein Name, ein Wort, mit dem sie sich alle verbinden konnten, sollten diese Einheit bezeichnen und auf diese Art den Zusammenhalt der Krieger stärken.

Dies sollte am folgenden Abend geschehen. Es war etwas, was die jungen Soldaten selbst erschaffen konnten und was ihnen nicht wie sonst so viel in der Armee, von der Verwaltung vorgegeben wurde. Es wird die Identifikation mit ihrer Einheit stärken. Augustus, der natürlich von dieser Tradition des Septimus rasch erfahren hatte, schien keine Einwände zu haben.

Er tolerierte dieses Vorgehen also. Bald hatte er angeordnet, dass in der Ausbildung grundsätzlich auf diese Art verfahren werden sollte. Septimus erfuhr dies durch eine persönliche Nachricht des Kaisers an ihn. Das war der bisher schönste Augenblick in des Ausbilders Leben.

Während die Vorbereitungen für die große Feier auf Hochtouren liefen, beobachtete Arminius die Jungen seiner Zeltgemeinschaft, die gemeinsam die Aufgabe bekommen hatten, den Wein vom großen Lager an den vorgesehenen Ort beim Fest zu bringen. Er, Arminius, zog mit seinen Genossen der Zeltgemeinschaft einen Karren vor das große Gemeinschaftszelt. Als sie fertig waren und der Abend nahte, würden die Zeltgemeinschaften in ihren Zelten noch ein letztes Mal gemeinsam Puls essen, bevor sie offiziell zur dritten Zenturie gehören würden und mit ihrem Eid dem Kaiser persönlich unterstellt wurden. Arminius hatte das seltsame Gefühl, diesen Kaiser persönlich zu kennen. Aber wie konnte das sein, da er ihm noch nie persönlich begegnet war? Sicher waren es die Worte seines Ausbilders, welche eine solch sonderbare innere Einstellung in ihm hervor gerufen hatten, beruhigte sich Arminius selbst. Dabei sah er Bovinus zu, der den Puls zubereitete.

Dieser Junge gehörte zu seiner Zeltgemeinschaft, zählte, laut seinen eigenen Worten, sechzehn Anni und kam aus dem Stamm der Räter. Dieser Kerl kochte den Puls, als wäre es seine eigene Schöpfung: Gerste hatte er in Wasser eingeweicht über Nacht, die wurde nun zu dem Gemüse gegeben, welches er bereits in den Topf getan hatte: klein gehackte Zwiebeln, Lauch und Karotten, etwas Knoblauch und Gewürze.

Bovinus wollte der einzige Koch der Zeltgemeinschaft sein, obwohl Septimus angeordnet hatte, dass alle Rekruten das Kochen und die Zubereitung roher Speisen erlernen sollten.

Bovinus hatte Septimus gegenüber gehorcht, aber Arminius schon mal angefaucht, dass dieser zwar gut kämpfen könne aber nicht gut kochen. Er solle das besser ihm, dem jungen Kerl vom Stamm der Räter, überlassen.

Heute stritt sich Arminius deswegen nicht mit ihm, denn er hegte ganz andere Gedanken, als an das Kochen.

Während sie kurz darauf im Zelt saßen, gemeinsam den von Bovinus mit Liebe und der Hingabe eines guten Kochs wirklich hervorragend gelungenen Puls aßen, herrschte für einen Augenblick lang Schweigen.

So erinnerte sich der junge Soldat aus Germanien, wie er daheim mit seiner Mutter, dem Vater und Flavus im Holzhaus der Familie gegessen hatte, wie seine Mutter gekocht und auch ab und zu dabei ein Lied gesungen hatte.

Gerste gab es da, wie auch heute beim Puls.

Fehlte ihm seine Mutter?

Ja, gewiss tat sie dies und seinen Vater vermisste der Knabe auch.

Er blickte seine Kameraden an, während sie aßen und erinnerte sich daheim an die eignen Götter, an Thunraz, den Herrn des Donners und an Wodanaz, den einäugigen Gott.

IHR JUNGEN AUS HELVETIEN, VOM STAMM DER RÄTER, IHR MENSCHEN DER PROVINZ ASIEN, LEUTE AUS DEM FERNEN GRIECHENLAND UND DEN PROVINZEN ROMS, WER SIND EURE GÖTTER?

EURE GÖTTER KENNE ICH NICHT.

IST AUCH EINER DABEI, DER NUR EIN AUGE HAT,
EIN GOTT ODER EINE GÖTTIN?

WODANAZ, DER OBERSTE UNSERER GERMANI-
SCHEN GÖTTER, ER WIRD SO DARGESTELLT.

ER WIRD GEZEIGT MIT EINEM AUGE, SAGT MAN,
DABEI IST DIESE BESCHREIBUNG FALSCH.
IN WAHRHEIT BLICKT ER MIT EINEM AUGE NACH
AUSSEN IN DIE SICHTBARE WELT.

MIT DEM ANDEREN AUGE BLICKT ER NACH IN-
NEN. DIESES AUGE FEHLT IHM NICHT, ER HAT ES
GESCHLOSSEN. ER BLICKT IN DIE INNERE WELT.
ER SCHAUT TIEF IN SEIN INNERES, IN DIE GRÜN-
DE SEINES GEISTES UND SEINER SEELE.

DAS IST DAS REICH DER UNSICHTBAREN WELT.
MEIN VATER HAT MIR DAS EINST ERKLÄRT.

MEIN VATER. SEIN NAME IST SEGIMER.

ERKLÄRT HAT ER MIR, DASS DIESES REICH IM IN-
NEREN, AUF WELCHES WODANAZ MIT SEINEM
GESCHLOSSENEN AUGE BLICKT, DASS ES VIEL
GRÖSSER IST, ALS UNSERE ÄUSSERE, DIESE SICHT-
BARE WELT.

DIE INNERE WELT ZU BEHERRSCHEN, DAS IST
WERTVOLLER, ALS EIN HERRSCHER IN UNSERER
AUSSENWELT ZU SEIN, DER WELT DER STATUEN,
DES GELDES, DER SPEISEN, DES SCHMUCKS, DER
HÄUSER, TIERE UND WAFFEN.

DIESER ÄUSSEREN WELT DES SCHMINKENS UND
DER SCHÖNHEIT, VON HAAREN UND FRISUREN,
DES GLANZES UND DES POMPS.

DER WELT VON GERÄTEN UND GEGENSTÄNDEN
UND ALL DEM KRAM, DEN UNSEREINS SO GERNE
ANHÄUFT.

WAS IST MIT EUCH, MIT DEN MENSCHEN DER
ANDEREN STÄMME, DER FERNEN VÖLKER UND
FREMDEN LÄNDER?

GIBT ES BEI EUCH EINE GÖTTIN ODER EINEN
GOTT, DER SO DARGESTELLT WIRD?

SO, MIT NUR EINEM AUGE – EINEN GOTT ODER
EINE GÖTTIN ALSO, DIE NACH INNEN BLICKT?

Arminius schaute auf seine Kameraden, sein Blick ging herum
auf die schweigend da sitzenden jungen Männer und Knaben
ferner, fremder Völker und Stämme.
Ruhig saßen sie dort und aßen. Den Puls, der lecker schmeckte, eine Mischung aus gekochtem Gemüse und Getreide.
Der Rekrut rief sich in seinem Inneren die Erinnerung an seine
Reise hervor, seine Reise von Germanien nach Rom.
Er besann sich auf die vermeintliche Größe des riesigen römischen Reiches.

Was nützt die Größe des Reichs, fragte er sich.

WODANAZ – EIN AUGE BLICKT NACH AUSSEN,
EIN AUGE SCHAUT NACH INNEN.
WAS NÜTZT DAS REICH UND SEI ES NOCH SO
GROSS – WAS NÜTZEN ALLE GÖTTER, WENN
NICHT EINER AUCH NACH INNEN SIEHT UND
UNS DARAUF HIN WEIST, DASS WIR UNS SELBST
ERKENNEN MÖGEN UND DASS GLÜCK UND FRIE-
DEN NUR IN UNS DRINNEN LIEGT!

5 Vom Führen und Folgen

Die *Neue Realschule* in Osnabrück-Mitte besaß einen geräumigen Handwerksflügel. Hier waren der Werkraum zum Schreinern und Töpfern, der Brennofen für den Ton sowie Materialien für Linolschnitt und Anderes für die Fächer Kunst und Werken untergebracht. Außerdem gab es einen Nähmaschinenraum für das Fach Textiles Gestalten.

Was Falk Brauers derzeit jedoch besonders interessierte, war natürlich die geräumige und lichtdurchflutete Küche.

Hier hatte er mit seiner Klasse 8A gestern Früh vor Beginn der ersten Schulstunde Linsen und schwarzen Emmer eingeweicht.

Acht große Keramikschalen waren dafür zum Einsatz gekommen, welche die Klasse im letzten Jahr – da war sie noch die 7A – eigens für die Küche hergestellt hatte. Handwerklich durch das Töpfern *ohne* Töpferscheibe versteht sich, geformt mit den Händen, gebrannt im offenen Feuer im Sommer im Schulgarten selbstverständlich unter der Anleitung ihres Klassenlehrers Falk Brauers.

Heute war Donnerstag. Letzten Montag hatten die SchülerInnen ausgerechnet, wie viele Gramm Linsen und Emmer die 26 Jugendlichen verarbeiten mussten.

Jeder sollte eine Portion Puls daraus erhalten.

Anschließend hatten sie von ihrem Lehrer erklärt bekommen, welche Eigenschaften diese Zutaten hatten, wie sie aufgebaut waren – Chemie und Biochemie – , was sie außerdem benötigten und warum der sogenannte „schwarze Emmer" seinen interessanten Namen trug. Das alles gehörte zum Schulfach und zum Thema Hauswirtschaft und gesunde Ernährung in dieser Unterrichtsreihe.

Mit viel Kraftaufwand musste er zunächst im Mörser bearbeitet werden, bevor man ihn weiter zu einer Speise verarbeiten konnte. Natürlich hatten sie die Zutaten selbst gekauft.

Regional oder im Bioladen. Und bei Allnatura und DM.

Witzig hatten die Schüler unter anderem am Dienstag gefunden, dass sie die Körner im Freien neben dem Schulgarten über dem Kompost mit einem elektrischen Fön von der Spelze befreien durften, weil absolut kein Wind zu Verfügung stand.

Auch den benötigten sie hier für das Fach Hauswirtschaft!

Mit diesem hätten sie sonst mit Leichtigkeit die Tat vollbracht, welche das Korn zur Weiterverarbeitung fertig bereitet hätte.

Schon am Montag war nix gewesen mit dem Wind. So ein Pech. Brauers störte dies nicht. Er war wie immer dreifach vorbereitet, denn ein kleiner geistiger Ausflug zu den germanischen, keltischen und römischen Göttern durfte natürlich nicht fehlen.

Den schob Brauers einfach in die erzwungene Schaffenspause ein. Und ein Verlängerungskabel für den Fön!

Welcher Gott oder welche Göttin war bei den Römern, den Griechen des antiken Griechenlands, den Etruskern, den verschiedenen germanischen Stämmen oder den Kelten denn nun zuständig für den Wind, das „Werkzeug", mit dem man im antiken Rom die Spelze vom Korn trennte?

Nun, dies und noch viel mehr erfuhren die Kids alles bei ihrem Lehrer und wer jetzt gern mehr über dieses Thema gewusst hätte, dem verbleibt nur folgender Hinweis zu sagen:

Tja, Sie hätten eben dabei sein müssen!!

Ihr hättet eben dabei sein müssen!

Solcherlei Infos kriegt man ja heutzutage ganz leicht durchs Internet raus. Auch dürfte ein Blick in die Regale von Youtube hilfreich sein ☺ !

All jenes selbst zu erleben machte nach der Meinung des Lehrers aber einfach viel mehr Spaß und diese Freude am praktischen Tun und am erlebnisorientierten Lernen übertrug Falk Brauers wie selbstverständlich auf seine SchülerInnen!!

So weit, so gut!

Heute war also Donnerstag und Brauers, der oft als Erster im Schulgebäude war, hatte das Werk seiner Klasse begutachtet und war sehr zufrieden.

Glücklich betrachtete er die Morgensonne, die lange Strahlen auf die Arbeitsflächen der Schulküche warf. Er liebte diesen Raum. Hier konnte er besonders gut unterrichten!

Die Türen der Hängeschränke waren aus einem hell gelben Material und die Arbeitsplatten waren in hell mintgrün gehalten. Die Küche sah schön aus. Sie war sehr sauber und gut aufge-räumt. Die Putzfrau, die bei der Schule fest angestellt war, sowie auch die Schülerinnen und Schüler, welche mittlerweile kaum noch zu Ordnung und Sauberkeit speziell aufgefordert werden mussten, arbeiteten quasi Hand in Hand. So musste das sein. Brauers war sehr zufrieden!

In der kleinen Pause, während die Kinder auf dem Schulhof waren und eine Kollegin von Brauers Hofaufsicht hatte, checkte er sein Handy.

Erfreut sah er, dass sein Bruder ihn zu erreichen versucht hat-te! Er gönnte sich den Moment des Alleinseins im Korridor vor dem Lehrerzimmer, um Arne anzurufen.

Der ging nicht ans Telefon, schrieb aber eine Nachricht:

Bin in einem wichtigen Gespräch mit Ina. Habe was ins Netz gesetzt. Titel: Hoppeditz Erwachen in Deutschland. Guck' Dir das mal an! Gruß Arne

Falk wurde nervös. Was besprach sein Bruder denn so wichtiges mit dessen Frau? Um diese Uhrzeit? Um kurz nach Zwölf? War er nicht auf der Arbeit? Ina war Moderatorin bei einem regionalen Fernsehsender. Auch sie war um diese Zeit sonst immer beruflich beschäftigt. Warum unterbrachen sie ihre normalen Arbeitszeiten? Was war geschehen?

Der heutige Schultag wurde mit einem gemeinsamen Kochexperiment und dem anschließenden Essen abgeschlossen.
Puls aßen nicht nur Römer, sondern auch Germanen. Jedenfalls die, die in der römischen Legion tätig waren. Oder im Tross. Da gab es Handwerker und Handwerkerinnen, Alte, Jugendliche und Kinder. Gaius Iulius Caesar hatte einst die Stämme rechtsseits des Rheins unter dem Begriff „Germanen" zusammengefasst. Einmal war er sogar über den Rhein gelangt, hatte in krasser Geschwindigkeit eine Brücke über den Fluss errichten lassen. Zur Zeit des Kaisers Augustus hatte sich der Begriff „Germanen" für die Stämme, die Caesar so genannt hatte und „Germanien" für die Gegend, in der sie lebten, als feststehende Bezeichnung durchgesetzt.

In eben diesem Germanien gab es heutzutage Lehrer, die sich mit der Geschichte dieser Germanen und Römer in der Zeit um Christi Geburt, was auch eine Zeit der Herrschaft des Kaisers Augustus in Rom war, auseinandersetzten.

In dieser Zeit heute gab es Spülmaschinen. Die mussten bedient werden.

Wenn eine Schülerin oder ein Schüler – Spüldienst hatte mal ein Mädchen und mal ein Junge abwechselnd – den Waschtab in die dafür vorgesehene Spülmittelkammer in die Waschmaschine eingelegt und diese ordentlich verschlossen hatte, musste sich die betreffende Schülerin beziehungsweise der betreffende Schüler erst einmal mit warmem Wasser und Seife gut die Hände waschen.

Aus hygienischen Gründen spülten die Kinder die Kochgefäße, Schalen und das Geschirr und Besteck nicht selbst, wie die Menschen im antiken Rom dies getan hätten, sondern spülten alles per Hand im Spülbecken vor, um es anschließend in die Spülmaschine zu stellen und diese dann anzuschalten.

Ein Kind der Klasse hatte – ab Klasse 7 – immer Spüldienst, was bedeutete, dass sie / er die Spülmaschine checkte, ob sie in Ordnung, also beispielsweise frei von störenden Spülrückständen war, der betreffende Schüler beziehungsweise die betreffende Schülerin bestückte die Spülmaschine mit dem Reinigungsmittel, dem Waschtab.

Es wurde eine Liste geführt, wann und wie oft Klarspüler und Maschinensalz nachgefüllt werden mussten, auch dafür war die / der Diensthabende zuständig und das Vorspülen zu kontrollieren, wie die KlassenkameradInnen die Maschine einräumten.

Dass eine Spülmaschine ordnungsgemäß an- und abgeschaltet wurde, gehörte auch zu diesem Dienst.

Der wurde natürlich von Brauers begleitet und überwacht. Meistens war der Lehrer mit seiner Klasse zufrieden.

Zum Ende des Tages gab es die Abschlussrunde, in der alles zusammengefasst wurde durch freiwillige Redebeiträge der einzelnen Schülerinnen und Schüler. Dazu das Auswählen einer ProtokollantIn. Abwechselnd waren mal ein Mädchen, mal ein Junge mit Protokollschreiben und dessen Gestaltung dran.

Die Frage, weshalb es wichtig war, das Korn von der Spelze zu befreien und anschließend zu waschen und 24 Stunden einzuweichen wurde noch einmal aufgegriffen und selbstverständlich durften die Kinder sagen, wie ihnen das Essen geschmeckt hat.

Bei diesem praktischen Unterricht vermittelte Brauers seinen Schülerinnen und Schülern das Funktionieren des menschlichen Verdauungssystems und der dazugehörigen Drüsen, die Flüssigkeiten zur Spaltung und Aufbereitung der Nahrung bereitstellten und zu den großen Verdauungsorganen des Gastrointestinaltraktes gezählt wurden.

Die Jugendlichen lernten dabei auch verschiedene Getreidearten und Gemüsesorten sowie einige Hülsenfrüchte kennen.

Das Unterrichtskonzept *Experimentelles Kochen – wie im antiken Rom –* bezeichnete Brauers gern selbst als Vorstufe zu einer wissenschaftlich fundierten experimentellen Archäologie.

Er selbst hatte es erstellt und war sehr stolz darauf. Diese Art zu unterrichten hatte für die SchülerInnen nur Vorteile.

Ein einziger Nachteil ergab sich allerdings für Falk Brauers aus seinem eigenen Konzept: Mit dem Neid seiner Kollegen auf die hohe Motivation der Schülerinnen und Schüler, die nicht vergleichbar war mit der Freude am Lernen anderer Klassen (die eher gering war), musste Brauers lernen, umzugehen.

Er ertrug es einfach, ab und zu auch mit einem diskreten und charmanten Humor. Er war somit quasi nicht angreifbar.

Weder für seine KollegInnen, noch für die Eltern der Kinder.

Und der einen oder anderen Kollegin sowie dem ein oder anderen Kollegen hatte er freundlich und bestimmt auch schon mal die Ansage gemacht:

„Freu dich doch einfach mal für mich! Sei nicht neidisch! Das sorgt nur für Probleme und davon haben wir schon genug. Übe mal Mitfreude und wenn du willst, kommst du mich mal in meinem Unterricht besuchen und wir machen das gemeinsam und dann kannst du es auch!"

Und wenn der Falk Brauers seine Kolleginnen und Kollegen dann auch noch so nett anblickte, dann wollten die das auch, die konnten sich gut vorstellen, so eine Projektwoche oder eine ganze Unterrichtseinheit über mehrere Wochen mit ihrem Kollegen gemeinsam zu unterrichten.

Dass dabei die Kollegin beziehungsweise der Kollege auch etwas von Falk Brauers lernte, das hatten die beiden dann vorher so gut abgesprochen, davon bekamen die Schüler gar nix mit.

Dafür hatte Brauers gesorgt, dass sie sich für die gemeinsame Vorbereitung genug Zeit nahmen. Man konnte in einem leeren Klassenraum, im Lehrerzimmer oder auch mal in ein Restaurant, in eine Bäckerei dafür gehen, ins Cafe, um sich für die Planung dieses guten Unterrichts genug Zeit zu nehmen.

Ja. Sich füreinander Zeit nehmen. Das fand Brauers wichtig. Darauf legte er Wert.

Wenn er von einem solchen Schultag nach Hause fuhr, geschah es oft, dass er im Regionalzug einnickte.

Er erwischte sich dabei, dass er träumte, selbst im alten Rom gewesen zu sein, dort gelebt zu haben, selbst Puls gegessen zu haben, am Lagerfeuer sitzend um einen bronzenen Kessel, der über dem Feuer hing. Germane war er da gewesen.

Das Zeltlager der römischen Legionen war oft der Ort, an dem er sich dann im Traum befand und dieses Mal bewegten sich die Legionen, die er mit seiner berittenen Truppe begleitete,

155

vom Gebiet des Stammes der Markomannen in Richtung Pannonien. Dort hatte es einen Aufstand gegeben.

Arminius war selbstsicher geworden in den Reihen der Soldaten des Kaisers Augustus. Er folgte ihm gern, wenn der Kaiser ihn in die verschiedenen Krisengebiete rief.

Orte, an denen unterworfene Stämme einen Aufstand wagten, bildeten nun das neue Ziel des Feldherrn Tiberius, der, als ihn die Nachricht der Rebellionen der Provinz Illyricum erreicht hatte, sofort einen Feldzug gegen die Markomannen abgebrochen hatte. Mit dem König der Markomannen, Marbod, schloss Tiberius einen Friedensvertrag, bevor er mit all seinen Truppen nach Pannonien zog. So wollte er sich vor einem Angriff der markomannischen Aufständischen schützen.

Arminius bewunderte Tiberius als einen klugen, besonnenen, weit blickenden Strategen.

Sein oberster Vorgesetzter, der Kaiser Augustus, der mit Geburtsnamen Gaius Oktavius hieß, war ein Adoptivsohn Gaius Iulius Caesars gewesen.

Tiberius, der diesen Angriff gegen den pannonischen Aufstand nun auf Befehl des Kaisers in seine Hände nahm und anführte, war wiederum ein Adoptivsohn des Augustus.

Und wo stand er selbst?

Er befand sich mit seiner Reiterei quasi überall, bildete den Flankenschutz der Fußtruppen der Legionen.

Legionäre waren alle zu Fuß, schwer bepackt mit Marschgepäck, Rüstung und Waffen, da hatte Arminius weit weniger zu schleppen, den jungen Krieger schützte natürlich seine metallene Rüstung.

Nun, da ein Angriff kurz bevor stand.

Die Wegstrecke bis in die Nähe des Gebietes der Aufständischen im heutigen Dalmatien hatten die berittenen Hilfstruppen, Auxilia genannt, nur vom Kettenhemd geschützt zurück gelegt, mit Unterbekleidung darunter, versteht sich: Leinenhemd und ein Wams aus Filz beziehungsweise Wolle, seltener Leder.

Schwert, Dolch, Schild im Kampfe zu Hand, wurden die Wurfspeere und natürlich auch die langen Lanzen in manchen Situationen von Begleitwagen im Tross mitgeführt.

Beispielsweise geschah dies, wenn die Späher keinerlei Truppenbewegungen, Hinterhalte oder Verstecke gegnerischer Einheiten oder fremder ziviler Siedlungen ausmachen konnten.

Arminius war in dieser Situation quasi der Chef jener Spähtruppen, da er nicht nur eine Reitertruppe, sondern die gesamten berittenen Alae – von dem Wort Ala = Flügel für Reiterflügel = berittene Truppe – anführte.

Arminius war ein exzellenter Reiter.

Auf sein Geschick im Kampfe sowie seine strategische Weitsicht waren Verlass.

Verantwortung konnte er übernehmen in weiten Bereichen und ihm oblag es, selbst zu entscheiden, wie und wann er auf die Auxilia zurück griff und wie er sie einsetzte.

Nun bewegte sich der Feldzug der Legionen Roms auf die weite Ebene von Pannonien zu.

Tiberius konnte sich auf diesen Präfekten verlassen.

„Keine Vorkommnisse", meldete der, als er nach seinem Spähmanöver an die Stelle geritten war, an der sich Tiberius in der Kolonne befand.

„Die Gegend ist gut zugänglich und unbewohnt, bis wir an die Dörfer kommen. Wir können das Gelände frei passieren!"

Der Feldherr Tiberius lauschte aufmerksam dem Lagebericht des Präfekten, während die Legionen und der Tross, begleitet und gesichert von der Reiterei, sich beharrlich in Richtung des pannonisch-dalmatischen Stammesgebietes bewegte.

Er blickte in Arminius' Antlitz und erforschte es. Dann nickte er und der Reiterpräfekt verstand, dass er mit seinem Dienst wie gehabt fortfahren solle.

Die Kolonne zog gemächlich weiter.

Arminius ritt ans Ende des langen Heeresverbandes zurück.

Besonnen blickte er auf die Zügel in seiner Hand.

Verwundert blieb er stehen. Erneut warf er einen Blick auf den Gegenstand in seinen Händen. Es war ein kleines, glänzendes Stückchen Metall. In seiner rechten Hand hielt Falk Brauers seinen Wohnungstürschlüssel. Ohne es zu bemerken, war er an seiner Haltestelle wie gewohnt ausgestiegen und zu Fuß wie jeden Tag bis zu seiner Wohnung gelangt.

Falk Brauers bewohnte eine keine Dachgeschosswohnung in einem ruhigen, beschaulich gelegenen Siedlungsviertel am Rande von Osnabrück.

Sein Arbeitsweg war kurzweilig. Mit der Regionalbahn ging es in wenigen Haltestellen zu seiner Realschule im Zentrum der schönen Stadt. Er liebte Osnabrück. Und er liebte die Person, die er bisher kaum wahrgenommen hatte.

„Wie bitte?", hatte Brauers sich erkundigt, nachdem er vom Kopiererraum kam.

Das neue Arbeitsblatt lag nun fertig vor ihm in einem geordneten Stapel an seinem Platz im geräumigen Lehrerzimmer. Nach der Pause konnte er seinen Unterricht fortführen.

Soeben war die Pause vorbei, der Gong läutete den Beginn der nächsten Stunde ein und die junge Frau, welche die Pausenaufsicht geführt hatte, war ins Lehrerzimmer zurück gekommen und hatte auf einen hellen Klotz vor sich auf dem Tisch neben ihrer halb vollen Kaffeetasse geblickt.

„Gottes Raben fliegen noch!", rief sie in das leere Zimmer.
Fast leer war das Lehrerzimmer. Auch Falk Brauers befand sich noch darin.

„Wie bitte?"

Zum aller ersten Male hatte er diese junge Frau angesprochen. Und sie überhaupt wahrgenommen.

„Ach, Verzeihung, Sie hatte ich gar nicht bemerkt! Darf ich mich vorstellen – ich bin Alexa Wilke, die Integrationshelferin von Nicholas Michalsky aus der 5 A!"

„Ach so," Brauers räusperte sich.

„Ach so – ich meine – also sind Sie gar keine neue Lehrerin?"

Oh, mein Gott, dachte er sofort, welch ein Patzer, da hast du dich aber matschig in ein Fettnäpfchen gesetzt!

„Nein, Sie meinen sicher die Pausenaufsicht von der Kollegin Dietmann, sie ist meine Schwester und musste heute Früh ins Krankenhaus.

Die Konrektorin, Frau Becker, hat mich kurzerhand für die Pausenaufsicht heute eingeteilt. Sie hat mich gefragt, ob ich das machen könnte und ich hab' Ja gesagt.

Ich bin Sozialpädagogin, keine Lehrerin."

„So war das nicht gemeint. Entschuldigung. Das ist mir jetzt peinlich. Sozialpädagogen sind genau so wichtig wie Lehrer. Bitte können Sie wiederholen, was Sie gerade gesagt haben?"

„Sie meinen das mit den Raben? Ja, schauen Sie mal, das ist mein morgendlicher Muntermacher," erklärte sie und hielt dem verdutzten Falk Brauers einen kleinen Block hin, der sich beim näheren Hinsehen als Kalender eines christlichen Verlages entpuppte mit Namen ‚DIE GUTE SAAT'.

„Gottes Raben fliegen noch", entzifferte Brauers eine für den 09. April 2024 gedruckte Überschrift. Von einem Pfarrer Wilhelm Busch handelte der darunter befindliche Text, einem Mann, der in der Zeit der Weimarer Republik mit der Auswirkung der Inflation zu kämpfen hatte.

Hingewiesen wurde auch auf die biblische Person Elia, der von Gott durch die Raben mit Brot und Fleisch versorgt worden war. Der Verweis auf die entsprechende Bibelstelle wurde angefügt. Es wurde erläutert, wie die Pfarrersfamilie Busch von den Frauen der Minenarbeiter versorgt wurde.

Hier war der Vergleich zu den Raben Gottes hergestellt.

Gemeint war nicht der Zeichner von „Max und Moritz".

Der Lehrer blickte die Integrationshelferin an. Dass sie *jetzt* zu ihm von Raben sprach, diesen Vögeln, welche ihn selbst noch kürzlich so tief beeindruckt hatten, berührte ihn sehr.
Erstmalig betrachtete er seine neue Kollegin genau.
Vom ersten Augenblick verliebte er sich in sie.
Weshalb hatte er sie hier noch nie gesehen?

„Ich bin seit dem ersten April neu in der Stadt. Ich komme aus Bremen," erklärte die junge Frau, als sie die Orientierungslosigkeit ihres Gegenübers bemerkte.

„Was soll's, wir sind ja Arbeitskollegen. Nennen Sie mich Falk, wenn Sie mögen!"

Nun blickte die Sozialpädagogin orientierungslos, da sich ihr Gesprächspartner ja nicht einmal mit vollem Namen vorgestellt hatte. Sie schaute in seine Augen und entdeckte keine Falschheit darin. Anschließend dauerte es einen Moment.
Dann lächelte sie.

„Bist du auf Facebook?"

Sein Puls war in die Höhe geschnellt und Schmetterlinge flogen in seinem Bauch. Gerade wollte er antworten, als die Türe des Klassenzimmers aufsprang und die Konrektorin herein stürmte.

„Ich darf es eigentlich erst nächste Woche bei der Konferenz publik machen. Aber unsere Schule wird aufgelöst – !"

Erschrocken erkannte Brauers die Tränen in Frau Beckers Augen hinter deren Brille.
Erst jetzt bemerkte die Konrektorin, in welche Situation sie hinein geplatzt war.

„Entschuldigung! Ich hab' grad' diese Mail bekommen. Ich wollte Sie nicht damit stören. Es tut mir leid."

„Ist schon in Ordnung. Darf ich mal sehen?"

Falk Brauers gewann rasch seine Fassung zurück.

In der Schule war bekannt, dass Brauers noch nie eine richtige Beziehung zu einer Frau gehabt hatte und auch, dass er nun einmal nicht schwul war. Das hatte er auch schon ausprobiert, aber es war dann doch nicht seine Liga, halt nicht seine Art.

Alle seine Kolleginnen und Kollegen in der Schule wussten, dass er deshalb schon lange in Therapie war.

Eine Führungskraft sollte in jeder Situation Ruhe ausstrahlen, egal, wie stressig die Situation gerade ist. Falk Brauers sah dies jedenfalls so.

Die Konrektorin, Frau Becker, besaß gerade diese Führungseigenschaft nicht. Ihre Körpermotorik konnte nicht anders, als all ihre Emotionen spontan in ehrlicher Mimik und offener Gestik heraus zu lassen. Diese Frau konnte quasi nicht lügen. Und genau das liebte er so an ihr.

Wir Menschen haben alle Fehler, hatte ihm sein Therapeut einmal gesagt, als es um seine langjährige Beziehungslosigkeit ging. Ihr Fehler ist vielleicht, dass Sie kaum Fehler haben und dadurch zu kritisch mit ihren Mitmenschen sind.

Herr Brauers. Wir kennen uns nun seit achtzehn Jahren.

Menschen werden in dieser Zeitspanne erwachsen. Ich glaube, es ist an der Zeit, dass auch Sie nun mal erwachsen werden und erkennen, dass Sie mehrere Möglichkeiten haben.

Entweder Sie bleiben weiter in ihrer hohen Anspruchshaltung und sitzen quasi im Elfenbeinturm herum, einsam und allein.

Oder Sie beginnen, in Babyschritten sozusagen, wie in dem Film, über den wir in der letzten Sitzung gesprochen haben, die Menschen gerade *wegen* ihrer Schwächen zu lieben.

Wo wären wir denn, wenn wir alle nur perfekte preußische Offiziere wären?

Die Offiziere waren auch Thema der letzten Sitzung gewesen.

„Das wäre wunderbar!", war es aus dem strahlenden Falk Brauers heraus geplatzt, der gerade noch geheult hatte.

„Wäre es das wirklich?", erkundigte sich sein Therapeut nach einer Pause. Ernst klang die Stimme.

Sein Gesicht war regungslos geblieben.

Brauers schwieg.

Er senkte den Blick, sein Lächeln verschwand langsam. Bald griff er zu seinem Taschentuch und schnäuzte sich die Nase.

„Ja. Ich fände es schön, wenn alle perfekt wären. Dann gäbe es keine Schwierigkeiten auf der Welt."

Der Therapeut blickte Brauers lange an.

„Sind *Sie* denn perfekt?"

„Nein", kam Brauers' Antwort nach einer gefühlten Ewigkeit.

„Also lernen Sie, Ihre eigenen Fehler zu lieben. Lernen Sie, sie zu ertragen, um sie dann langsam los zu lassen, wenn Sie das brauchen. Aber vielleicht gibt es ja auch die eine oder andere Schwäche, zu der Sie stehen mögen. Außerdem haben wir ja über diese Begriffe gesprochen. Fehler. Schwäche. Das ist sehr wertend. Sagen Sie doch einfach Eigenschaft."

Brauers holte tief Luft.
Er dachte daran, wie sein Bruder mit dessen Frau klar kam. Die beiden waren seit über 13 Jahren verheiratet. Es klappte gut zwischen den Beiden. Und Brauers hielt sie auch nicht für perfekt. Nebenbei dachte er an seine eigene Unsicherheit, die er seit seiner Arbeitslosigkeit mit der Rechtschreibung hatte.

Nach dieser letzten Therapiestunde bemerkte Brauers, wie leicht das Leben sein konnte.

Ohne seine „preußische Brille" hatte er sich immer nackt gefühlt. Sie war sein Schutzschild gewesen.

Doch möglicherweise sollte sie ihn nicht vor der Außenwelt beschützen, sondern vor sich selbst.

Es waren die Ängste, die er in sich selber trug. Angst vor Nähe. Angst vor Beziehung. Angst vor Berührung.

Und die Angst vor diesen immer wieder sich aufdrängenden Träumen. Nachts im Schlaf. Bei Tag im Zug oder im Bus.

Er träumte von schwarzen Vögeln, von Krähen oder Raben.

Manchmal hießen sie in seinen Träumen „die Raben von Wodanaz".

Sie führten ihn und er ließ sich von ihnen führen.

Und manchmal, wenn er einen wirklich guten Tag gehabt hatte und sich wohl fühlte, dann nahm er bewusst Kontakt zu den Raben auf und zeigte ihnen die geheimen Kammern in seinem Inneren. Er ließ sich von diesen Raben führen.

Er folgte ihnen im Traum dahin, wohin sie ihn führten. Und er flog mit ihnen. Manchmal. Manchmal, wenn er sie etwas fragte, folgten sie ihm im Geiste. Sie lauschten seinen Fragen. Oft führten sie ihn zu einer Antwort.

Wer fragt, führt. Das war ein Gesetz der Rhetorik. Was heißt – *war* – es *ist* ein Gesetz der Rhetorik.

Wenn Falk Brauers ganz tief in sich hinein blickte, entdeckte er dort viele Namen, die er einst getragen hatte. Einmal wollte er vor einem Verfolger fliehen über das Meer und beabsichtigte, an einem Rhetorikkurs teilzunehmen.

Er wa nie bei diesem Rhetoriklehrer angekommen. Statt dessen war er gefangen genommen worden und wurde auf einer Insel fest gehalten namens Pharmakussa.

Die Insel der Pharmakoi. An solche Dinge erinnerte er sich. Es waren Erinnerungen aus seinen früheren Leben.

Das ging sogar mit und ohne Alkohol.

Die Träume im Zug oder im Bus, also in der Öffentlichkeit, die bekam er nicht unter Alkoholeinfluss. Auch nicht nach der Einnahme von Drogen.

Er trank nur abends eine Flasche Bier oder ab und zu ein Glas Wein, wenn es Abend und er kurz vor dem Zu-Bett-Gehen war.

Nachdenklich verweilte sein Blick lange auf dem Kasten Herforder Pilsner. Anschließend betrachtete er das kleine Weinregal neben dem grünen, schweren Samtvorhang.

Es hatte seinem Vater gehört und befand sich am Wohnzimmerfenster, vor dem ein kleiner runder Tisch aus dunklem Holz mit einer schwarzen Marmorplatte stand, welche mit feinen Quarzitadern durchzogen war.

Der Vater des nun arbeitslosen Lehrers war Schuldirektor des Gymnasiums gewesen, an dem er selbst zur Schule gegangen war. Er war behütet. Jedoch wurden an ihn auch besondere

Erwartungen gestellt. Der Sohn des Direktors musste sich immer und bei jeder Gelegenheit vorbildlich verhalten. Auch wenn ihm Unrecht geschehen war und er sich beleidigt fühlte.

Liegt die Schuld bei mir?

Diese Frage stellte er sich oft bis heute.

Sein Therapeut hatte ihn gelehrt, das Wort Schuld durch den Begriff *Verantwortung* zu ersetzen.

Liegt die Verantwortung bei mir?

Mit der Hilfe seines Therapeuten war er irgendwann zu dem Schluss gekommen, dass er nichts für die Schließung der „Neuen Realschule" konnte, die eben wegen Bauarbeiten in das alte Jugendstilgebäude umgezogen war, als die Realschulen geschlossen und zu Sekundarschulen umfunktioniert werden sollten.

Brauers wehrte sich gegen Fächer, in denen das Programmieren von Computern gelehrt werden sollte.

Wir haben uns selbst als Menschen kaum im Griff und reagieren unbewusst und automatisch im Zwischenmenschlichen wie ein Autofahrer, der einen Unfall baut.

Wir sehen nur uns selbst.

Und da sollen wir unsere Konzentration auf diese neuen, dummen Maschinen legen, die unsere Kinder verrückt und abhängig machen und uns Erwachsene eingebildet, oft in einer Situation abwesend und auch nicht klüger?

Er sah Eltern im Bus neben ihren Kindern sitzen, die nur mit ihrem Smartphone beschäftigt waren. Die Eltern. Nicht die Kinder! Und die sich kaum um ihre Kinder kümmerten! Sie kommunizierten nicht mehr mit ihnen. Außer:

„Komm, wir müssen aussteigen",

hörten die Kinder kein persönliches Wort von den Eltern während der Fahrt im Bus. Und die Kinder hatten auch einen wichtigen Ansprechpartner verloren, eine wichtige Ansprechpartnerin. Die Mutter oder der Vater nutzten die Zeit während der Busfahrt oder Bahnfahrt jetzt, um zu telefonieren oder im Handy etwas zu suchen, zu kaufen, sich einen Film anzuschauen, das Kind störte dabei sogar.

Smartphones und GPS machen uns abhängig.

Brauers durfte sich im Grunde nicht wundern.

Er durfte die Verantwortung dafür, wie sich die Kinder und Jugendlichen verhielten, nicht bei den Kindern und Jugendlichen suchen. Führen durch Vorbild. Diesen Satz hatte er bei seiner Ausbildung gelernt. Führen durch Vorbild. Und: Kinder muss man nicht erziehen. Sie machen einem eh alles nach.

Seine privaten Abhängigkeiten lebte er niemandem vor.

Entschlossen griff er eine Flasche Rotwein und ein fein gearbeitetes antikes Rotweinglas. Letzteres aus der kleinen alten Vitrine hinter ihm. In sich selbst versunken stellte er die Flasche auf dem Tischlein ab, griff nach dem geschmiedeten Flaschenöffner, der darauf lag für verkorkte Flaschen und Kronkorken und schenkte sich ein halbes Glas Roten von der Mosel ein.

Ich habe einen Menschen verloren, gestand er sich im Geiste ein. Was nützt mir mein Smartphone – fragte er sich. Das bringt mir diese wunderbare Person auch nicht wieder.

Er betrachtete Videos viel lieber auf dem großen Fernsehbildschirm, einem Monitor einer guten Firma seines Heimatlandes und hörte die Musik über die Anlage, welche wenigstens Stereoton hergab. Damit war er vollkommen zufrieden.

Mutig schaltete er den Monitor an und rief Youtube auf.

Nach dem er „It must have been love" eingegeben hatte, lauschte er zum ersten Mal in seinem Leben bewusst dem Text.

Die Gruppe Roxette kannte er natürlich schon gefühlt sein ganzes Leben lang. Doch sein Englisch war nie gut genug gewesen, um auf Anhieb den gesamten Text zu verstehen.

Naja, immerhin war er ja auch kein Fachlehrer für die englische Sprache, die Englischstunden unterrichteten in seiner Klasse immer die Kolleginnen und Kollegen.

Der Duft des Weines berührte seine Sinne und als das Getränk seine Zunge benetzte, vernahm er den Text:

171

„It must have been love, but it's over now! It must have been good, but I lost it somehow!"

Das Glas stellte er langsam ab auf das Tischchen.

„It must have been love, but it's over now! It was all that I wanted! Now I'm living without!"

Die fantastischen Szenen des Films nahm er kaum noch wahr.
Statt dessen erinnerte er sich an die junge Sozialarbeiterin, die er so sehr geliebt hatte, die, wie die schwarzen Raben des Wodanaz, gerade in ihr Herz geflogen war, da hatte das Leben sie auch wieder fort gerissen.
Nach dieser einen Hofaufsicht war ihre Arbeit an seiner Schule, der *Neuen Realschule* in Osnabrück-Mitte, beendet.

Der Schüler, den sie betreute, hatte die Schule gewechselt und sie blieb seine Integrationshelferin.
Ihre Zuständigkeit und Verantwortung für diesen Schüler und ihr damit verbundener Dienstortwechsel stellten sie vor die Frage nach einem Wohnortwechsel, welchen sie ohne zu zögern vollzogen hatte.
Sie war halt nur ein Mal für ihre Schwester eingesprungen.
In einer Pausenaufsicht.

Für die Dauer eines kurzen Tages.

Diese Schwester, seine Kollegin, war offenbar urplötzlich ins Krankenheus eingeliefert worden, so weit er alles mitbekommen hatte damals.

Verzweifelt hatte er versucht, zu der Kollegin, Marla Dietmann, Kontakt aufzunehmen. Vergeblich. Weder er, noch die Kolleginnen und Kollegen oder die Konrektorin, selbst der Direktor wusste nichts Weiteres über sie.

Weder im Telefonbuch, noch im Internet, weder auf Insta noch auf Facebook hatte er eine Spur von ihr gefunden.

Ein Mensch kann doch nicht einfach so vom Erdboden verschwinden!

Seit dem Falk Brauers das passiert war, hatte er immer Wein und Bier in seiner Wohnung. Den einzigen Kontakt, den er aus seiner Zeit als Lehrer noch hatte, war sein Psychologe.

Mit dem Alkohol am Abend überlebte Brauers die Tage zwischen den Therapiesitzungen.

Mittlerweile war er dienstuntauglich und bekam Arbeitslosengeld I. Dazu kam die viele Freizeit. Seinem Psychologen hatte er auch die Idee mit dem „Reisen an die Orte meines Unterrichts" zu verdanken, die er immer öfter, sicherer und mit mehr und mehr Begeisterung in die Tat umsetzte.

Bald würde er nach Kalkriese fahren.

Dies war der – bis heute vermutete – Ort der Varusschlacht.

Ja. Die Varusschlacht. Die hielt ihn aufrecht. Sie lenkte ihn vom Alleinsein ab.

Das fiel ihm immer noch sehr schwer.

Auch, wenn er manchmal träumte, mit einem Mann im Wald zu sein, der ihm erklärte, dass Alleinsein gut sein soll.

Gut für was?

Brauers beschloss, noch eine Flasche Wein zu öffnen.

Bereits etwas müde griff er nach der ersten Flasche, um sie fort zu stellen, zum Altglas in den Rucksack, mit dem er zweimal in der Woche zum Altglaskontainer ging.

Über einen Umweg, versteht sich. Zuerst lenkte ihn sein Weg zur nächstgelegenen Kirche. Dorthin ließ er sich führen von den Raben, die er oft im Geiste sah.

DIE RABEN VON WODANAZ.

Da war er im ♥ Cherusker.

Germane, ein aufständischer Barbar.

Aus der Sicht der Römer.

Doch weshalb träumte er ebenso häufig davon, mit Menschen zu kommunizieren, die Latein sprechen, die Sprache des antiken Roms, Menschen, die römische Namen tragen wie Julia, Marcus oder Cornelia?

Weshalb wird er, Falk Brauers, dann mit dem Namen Gaius angeredet?

All dies verwirrte ihn.

An diesem Samstag, dem 13. Juli, wird Jakobus zitiert.

In dem christlichen Kalender. Den hatte er beim Buchhandel auf dem Marktplatz im Schaufenster entdeckt und gekauft.

Nachdem er sich die Liebe zu der jungen Sozialpädagogin eingestanden hatte, Alexa Wilke aus Bremen.

Er war sogar so weit gegangen, sie eine Zeit lang polizeilich suchen zu lassen. Vergebens.

Letztlich hatte er sich mit der feinfühligen Hilfe seines Therapeuten sogar eingestehen können, dass er sie verloren hatte.

Darauf hin war er im Internet auf die Suche nach dem Kalender gegangen, wegen dem sie sich kennen gelernt hatten:

DIE GUTE SAAT, dann aber fand er ihn und kaufte ihn im Buchladen an der Ecke.

In Jakobus 4, 14 war zu lesen: „WAS IST EUER LEBEN? EIN DAMPF IST ES JA, DER FÜR EINE KURZE ZEIT SICHTBAR IST UND DANN VERSCHWINDET".

Ja. Und dann in neuer Form wieder kommt, fügte er im Geiste hinzu. Denn Falk Brauers glaubte an die Wiedergeburt.
Sofort ging er zum Weihwasserkesselchen, benetzte seine Stirn mit Weihwasser und begab sich auf den Weg zum Kontainer.
Den Weg zur Kirche hatte er nicht bewusst mitbekommen.
Doch dies besorgte ihm keinerlei Unbehagen mehr, seit dem ihm aufgefallen war, dass er immer an Plätzen auftauchte, an denen er sich sicher fühlte, auch wenn er nicht mehr nachvollziehen konnte, wie er dort hin gelangt war.
Der Weg zur Kirche, am Gottesdienst teilzunehmen und auch den Gebrauch des Weihwassers waren Rituale seiner Kindheit, welche er von seinen Eltern gelernt hatte.
Bisher gab es für den Mann, der nun fast ein halbes Jahrhundert alt war, keinen Grund, damit aufzuhören.
Er lief über den Marktplatz zum Glaskontainer, stellte seinen Rucksack ab auf die Bank in der Nähe und begann langsam und bewusst, jede einzelne Flasche mit einem kleinen Dankspruch für den Genuss bei diesem Wein in den Kontainer zu geben in die entsprechende Öffnung für die jeweilige Farbe des

176

Glases. Die kleinen Augenblicke der Freude zu genießen, das hatte ihm sein Therapeut beigebracht.

Freude durch den bewussten und ehrlichen Genuss des Weines beim Trinken. Freude bei der Dankbarkeit für die gemütlichen Stunden allein. Endlich hatte er das Alleinsein gelernt. Er hatte es lieb gewonnen. Alleinsein ist besser als tot zu sein, hatte sein Therapeut ihn gelehrt.

Das war quasi eine Umstrukturierung seines eigenen Geistes. Denn das Gegenteil war zuvor seine Überzeugung gewesen.

Folgen Sie doch Ihren Träumen und versuchen Sie herauszufinden, wo sie Sie hin führen!

Mit jedem neuen Kalenderblatt des Christlichen Verlages aus dem Orte Hückeswagen hatte er etwas gefunden, was er wie Perle für Perle an einer Perlenkette als seinen eigenen morgendlichen Muntermacher nutzte, wie Frau Wilke es bezeichnet hatte. Dies half ihm, jeden neuen Tag zu überleben, solange der Amtsarzt ihn noch für dienstuntauglich hielt. Und er beschäftigte sich mit den Dingen, die direkt vor ihm lagen. Die ihm vor die Füße gespült wurden am Strande seines Lebens. Am Ufer seines Augenblicks. In diesem Jetzt erinnerte er sich an die letzte Nachricht von Arne.

Sein Bruder war jetzt Fünfzig. Ein halbes Jahrhundert war er alt. Oder jung, wie man's nimmt.

Arne hatte Sachen drauf, die er selbst noch nie ausprobiert hatte: Ab und zu setzte er zum Beispiel mal ein Video ins Netz. Auf Youtube. Neugierig gab Falk ein, was sein Bruder geschrieben hatte: Hoppeditz Erwachen in Deutschland.

Soso!

Sein Schwager Baldur hatte das Video ins Netz gesetzt. Ein Sonnenaufgang war zu sehen.

Er war gespannt. War Selenskyj wirklich Millionär? Warum muss man einem Millionär Millionen schenken? Der Sprecher des Videos nannte schlicht die Ungerechtigkeiten im Lande.

Bei der Bemerkung über Amazon schmunzelte Falk.

Falk Brauers selbst hatte die Dienste von Amazon noch nie in Anspruch genommen. Und zwar ganz bewusst, denn während die Innenstädte zu Geisterstädten wurden, da immer mehr Geschäfte leer standen, fragte er sich zunächst, warum dies so war.

Letztlich kam er zu dem Schluss, dass Menschen lieber von Zu Haus oder aus der Bahn, im Unterricht einkaufen.

Also während des Unterrichts, wie sein Bruder ihm mal von einer Lehrerfortbildung erzählt hatte, also die Schüler während des Unterrichts und die Lehrer während der Fortbildung – kauften eben lieber bequem vom Handy aus ein.

Sie konnten die Waren auf dem kleinen Bildschirm zwar kaum erkennen, aber is' ja egal, kann man ja umtauschen.

Bei Brauers an der Ecke war eine kleine Straße, die zu einem Parkplatz führte, in der Nähe der Kirche, da standen viele Lieferwagen von DHL oder DPD. Das war aber kein Parkplatz. Das war ein Schrottplatz! Brauers kannte einige DHL-Fahrer persönlich und einige Leute von *Kötter*.

Um elf Uhr Nachts durch vereiste Straßen fahren im Winter und von zwei bis vier Uhr morgens eine unbezahlte Pause im tiefsten Winter in einem Lieferwagen ohne Standheizung.

Mit dem eigenen PKW vom eigenen Sprit zur Arbeit fahren.

Nur innerhalb der Arbeitszeit ist man, was die gerechnete Lebenszeit angeht, elf Stunden pro Arbeitstag unterwegs, ohne die An- und Abfahrtzeiten von Zuhaus zum Dienststandort und vom Dienststandort nach Haus. Eintausendundeinhundert Euro bekommt der Fahrer dafür. Er hat innerhalb der Arbeitszeit eine unbezahlte Pause von zwei Stunden. Das ist seine Lebenszeit. Zeit, die nach seiner Meinung vergeudet war.

Und viel zu wenig Geld und Anerkennung bekam ein Familienvater dafür.

Da musste seine Frau mit arbeiten gehen und wenn die Kinder aus der Schule kamen, war niemand zu Hause. Deshalb gingen die Kinder seiner Bekannten, die bei Kötter arbeiteten, in die Betreuung des Offenen Ganztags.

In viel zu kleinen Räumen für die Anzahl der Schüler betreuten Personen die Schülerinnen und Schüler. Die Betreuer selbst beklagten sich darüber, dass sie keine pädagogische Ausbildung hatten. Zudem waren viele Schüler so frech, dass die Leute, die als Betreuer / Betreuerin tätig waren, sich oft fragten, ob sie sich die Art der Kinder gefallen lassen mussten.

Junge Menschen, die keine zehn Jahre alt waren, hörten nicht auf die Ansagen der Betreuer, die oft fünfzig Jahre zählten oder mehr. Dazu gaben die Kinder oft so freche Antworten oder wurden einfach unhöflich, und niemand wusste wirklich, wie damit umzugehen war. Einige BetreuerInnen schafften es zwar, manche Kinder von Situation zu Situation zu Freundlichkeit und Aufrichtigkeit aufzufordern.

Dies tat jedoch nichts an der Sache, dass das gesamte System der Betreuung von Menschen geführt wurde, welche weder erzieherisch, noch pädagogisch geschult waren.

Doch auch, wenn das Personal in der Betreuung super pädagogisch geschult wäre oder wenn ausschließlich ausgebildete Erzieherinnen und Erzieher dort arbeiten würden: Die Probleme im Staat werden dadurch nicht aufgefangen.

Offener-Ganztag-Betreuung. U3-Kita. U2-Kita. U1-Kita. U1-Tagesgruppe. Integrationshilfe. Kinder vor dem Bildschirm, vor der Playstation und anderen Medien:

Wofür haben wir denn unsere Kinder in die Welt gesetzt?
Um sie tagsüber vorm Bildschirm zu parken? Oder in der Kita?
Oder in der Tagesgruppe?

Der Kindergarten, wie er ursprünglich von Friedrich Fröbel ge-
plant war, war zum Auffangbecken karrieregeiler oder
arbeitswütiger oder überforderter oder unterbezahlter Eltern
geworden und manchmal kam auch alles zusammen vor.
Wie soll unser Land in Zukunft aussehen?
Wer soll Verantwortung übernehmen?
Falk Brauers stoppte das Video, erhob sich aus seinem leder-
nen Fernsehsessel und ging in seinem Wohnzimmer umher.

„Ich sage," sprach er laut in den Raum, in dem er alleine war,
„dass die Wiedereinführung der Deutschen Bundesbahn, der
Deutschen Bundespost und der Sonderschulen, des Förder-
schulsystems keinen Rückschritt darstellen, sondern ein
Entschluss sind, die Dinge, die in der Vergangenheit unseres
Staates besser waren, wieder aufleben und lebendig werden zu
lassen! Lasst uns die Verantwortung übernehmen für unsere
Mitmenschen! Hauptschulen und Realschulen waren gut! Man
muss sie nur gut pflegen und sich wirklich um die Schüler
kümmern und dabei können echte Handwerksarten vermittelt

und gelehrt werden, die werden wir nämlich brauchen, wenn bei uns mal durch einen digitalen Hack der Strom ausfällt!

Wir sollten uns wirklich kümmern um unsere Arbeiter und Angestellten!!"

Brauers erinnerte sich daran, dass er kürzlich ein Seminar bei der VHS gebucht hatte. Dieses Seminar handelte von Meditation und er fand es gut und hatte im Voraus bezahlt, damit er das schon mal erledigt hatte.

Anschließend wurde der Betrag zwei mal abgebucht von Kontodaten, die der VHS von ihm wohl von Anno Dazumal noch vorlagen von dem alten Konto, welches er nur noch als Depot benutzte und wovon er nichts mehr ausgeben wollte. Es diente sozusagen als sein privates Sparkonto.

Von dem Konto sollte die VHS aber nicht abbuchen. Dies hatte er denen schon zwei Mal schriftlich mitgeteilt und natürlich auch die neuen Kontodaten beigefügt.

Als es ihm zu bunt wurde, nachdem der Betrag, den er bereits überwiesen hatte, anschließend doppelt abgebucht worden war und das auch noch von falschen Konto, da rief er beim Sachbearbeiter für diesen Bereich an und erkundigte sich, ob der VHS dieser Fehler aufgefallen sei.

Der Mann am Apparat wirkte verwirrt. Er hatte nicht einmal seinen Namen genannt.

Brauers hatte gefragt, ob alles in Ordnung sei und ob er zu einem späteren Zeitpunkt noch ein Mal anrufen solle, da erklärte der überforderte Mann am Telefon, dass dies die Lage nicht verbessern würde.

„Seit drei Wochen arbeite ich hier allein. Für vierzehn Computer bin ich zuständig. Vorher hatte ich zwanzig Kollegen. Die waren Sachbearbeiter für Buchungen bei der VHS und den Kontakt mit den Kunden. Die haben auch die Kunden mal angerufen und denen zugehört, so wie Sie jetzt, gab es ja ab und zu mal Unstimmigkeiten in der Buchführung, das kommt Ja überall mal vor und kann dann durch ein ausführliches Gespräch behoben werden. Aber jetzt bin ich alleine dafür zuständig und muss mich auch noch um diese Computer kümmern. Die sind natürlich doof und da geht es nicht um die Namen, nur um Zahlen. Glauben Sie mir, ich würde Ihnen gern helfen, aber derzeit ist auch noch das System abgestürzt. Vielleicht haben Sie Recht. Ich werde jetzt meinen Chef kontaktieren. Ich werde mir Hilfe holen. Das habe ich kürzlich in einem VHS – Kurs zum Thema Resilienz gelernt. Und dann bitte ich Sie, sich in zwei Wochen noch ein Mal bei mir zu melden, bitte, ja? Bis dahin kann ich Ihnen hoffentlich weiter helfen. Ich werde mich auch um ihr Anliegen als Erstes kümmern. Es tut mir aufrichtig leid.!"

Nachdem der Herr, der Falks volles Mitgefühl hatte, seine Situation geschildert hatte, konnte Brauers ihm noch, bevor der Sachbearbeiter den Hörer auflegte, schnell seinen Namen und seine VHS – Kundennummer mitteilen.

Anschließend wurde ihm bewusst, dass Computer für den Arbeitgeber – das war in diesem Falle die Stadt Osnabrück – offensichtlich einfach billiger waren, als Menschen, die man auch noch versichern und für die man in die Rentenkasse einzahlen musste. Und er sprach:

„Müssen wir uns diese lieblose Behandlung von unserem Staat gefallen lassen? Von Staat, Land und Stadt und allgemein von der Regierung? Lasst uns wieder gerechte Löhne auszahlen und faire Arbeitsverträge- und Bedingungen schaffen, aus eigenem Antrieb, ohne dass ein Arbeiter oder Angestellter dafür demonstrieren muss! In der Demokratie sind WIR die Regierung! Den Streiks kann man nur mit Gerechtigkeit begegnen.

Wir müssen uns in die Lage der Menschen hinein versetzen!

Jetzt schauen wir durch einen trüben Spiegel und sehen ein verschwommenes Bild. Dann aber werden wir erkennen, wie auch wir erkannt worden sind. So wie Gott mich kennt, darf ich auch meinen Nächsten kennen lernen. Dann, wenn ich wirklich eine Meile in den Mokassins eines Anderen gegangen bin.

Dann werde ich ihn, dann werde ich sie verstehen!"

Dazu sah Brauers die Gefahr der Amerikanisierung unserer Firmen. Wir verlieren unsere Identität, wenn wir englische Begriffe in der Ausbildung und in der Strukturierung unserer Institutionen verwenden.

Was sind wir denn? Amerikaner?

„Nein," sagte Brauers laut, „ich bin kein Amerikaner! Auch kein Amerikaner mit Zuckerguss.

Und ich will in meinem Lande keinen ‚american way of life'!

Ich bin Deutscher und unser preußisches Sortiersystem in den Büchereien hat schon funktionlert, bevor ein Deutscher einen Computer erfand.

Gaius Iulius Cäsar und Karl der Große, Napoleon Bonaparte und viele vor ihm haben ganze Nationen bewegt und sind um die halbe Welt gereist – ganz ohne Strom!

Otto von Bismarck hat ein Reich geeint ohne Digitalisierung!

Eine friedliche und dabei gerechte Gesellschaft ist ohne Handys, Smartphones, Mobilephones, ohne digitale Werbetafeln an jeder Ecke, ohne Schnellzüge, die 200 km/h fahren, ohne Lieferservice direkt ins Wohnzimmer oder ans Bett, ohne 24 Stunden Kinderbetreuung möglich! Wir müssen nur etwas los lassen von der Überzeugung, alles jederzeit haben zu wollen.

Und dabei tut es gut, etwas Liebe und Verständnis für seine und ihre Nächste und Nächsten zu haben.

Jesus Christus hat das schon vor fast 2000 Jahren gesagt.

Liebe Deinen Nächsten wie Dich selbst.

Liebe Deine Nächste wie Dich selbst.

Im platonischen Sinne, versteht sich, also mit dem ♥.

Wohlwollen, Mitgefühl und Verständnis sind gemeint!"

Falk Brauers streckte sich durch.

Er griff zu seinem Glas Wein, denn vom lauten Sprechen war seine Kehle trocken geworden. Frei hatte er sich selbst einen Vortrag gehalten, der an den Text des Videos anschloss.

Brauers bewunderte die Mondaufnahmen in dem Kurzfilm.

Der Mensch ist seines Glückes Schmied.

Arne, sein Bruder, hatte Recht.

Und er hatte noch die Kraft, humorvoll zu sein. Zumindest offenbar zu der Zeit, als er das Video von seinem Schwager Baldur hatte ins Netz setzen lassen.

Humorvoll sein.

Falk Brauers nahm seinen Mut zusammen, griff zu seinem Telefon und wählte Arnes Nummer. Zu Haus besaß er ein Wählscheibentelefon.

Er hatte es geschenkt bekommen von seiner alten Schule.

Da stand es auf einem Schrank im Sekretariat. Er hatte es entstaubt und anschließen lassen und es funktionierte seit dem super. Bordeauxrot war es, wie der Wein, den er trank.

Ob Arne jetzt zu Hause war?

Was hatte es mit dem Buch „Moskauer Gurken" auf sich?

Brauers lauschte dem Gong und ließ ein Standbild stehen von dem großen silbernen Mond in dem Video.

Still war es im Raum.

Draußen hörte man die Raben und drinnen das leise Tuten des Telefons. Unsere Digitalisierung macht uns arbeitslos. Und unser Kapitalismus. Arbeitslosigkeit ist vor allem ein Phänomen des Kapitalismus. Wir brauchen eine neue Gesellschaft. Achtsamer Lebenserwerb. Eine Rückkehr zum menschlichen Maß.

Einen Augenblick lang hielt er inne. Dann sprach er:

„Eine Spülmaschine ohne Computertechnologie, wie sie in den Achtziger- und Neunziger Jahren hergestellt wurde, eine Waschmaschine ohne AI oder KI, also ohne künstliche Intelligenz, eine Nähmaschine und ein Bügeleisen, ein Rasierapparat ohne Computertechnik und ohne Computertechnologie, all diese Dinge reichen absolut aus, sogar, um meinen Junggesellenhaushalt zu führen!

Unser digitaler Luxus erzeugt in anderen Teilen der Welt Umwelt- und soziale Probleme!

Wir benötigen nicht für alles Computer!

Unsere Gesellschaft hat auch ohne Computer funktioniert!

Wir müssen uns nur daran erinnern!

Wir müssen uns erinnern, bevor wir nur noch von Computern, Robotern und Maschinen umgeben sind!

Schaut euch doch mal um! Wie sieht denn heute eine Moderne Automobilfabrik aus? Wie viele Menschen arbeiten da? Wie viele Roboter? Wie sind die prozentualen Verhältnisse?

Wir brauchen keine KI! Wir brauchen keine AI!

Von diesen Dingen würden wir uns nur zu sehr abhängig machen und vor allem angreifbar!

Der Mensch schafft sich selber ab. Auch im Alltagsleben sind wir so abhängig von unseren Smartphones, dass wir mal für eine Stunde versuchen sollten, es nicht zu benutzen.

Wir Erwachsenen sind absolut abhängig und leben dies unseren Kindern vor. Und damit sind wir Vorbilder. Und wir vernachlässigen unsere Kinder dadurch.

Der Mensch lernt über Beziehung. Wer nur mit einem Tablet 'rumläuft oder mit einem Smartphone, kann keine Beziehung schaffen. Wir selbst sind gefragt! Ob wir Lehrer, Lehrerinnen oder Erzieher, Erzieherinnen sind und vor den Kindern stehen oder sogar Eltern: Handys, Smartphones und Tablets können uns gemeinsam helfen, eine Liste zu erstellen und Ähnliches, das sind aber Dinge, die wir auch selber können.

Digitalisierung kann uns helfen, ein Buch, einen Stift oder einen Notizblock zu verkomplizieren, denn wir bleiben mit digitalen Hilfsmitteln stets abhängig von Strom und Elektrizität.

Ein Bleistift, ein Block oder ein Buch können ohne Elektrizität hergestellt werden, ohne Strom. Glaubt Ihr nicht? Zur Zeit von Napoleon Bonaparte gab es auch Stifte, Blocks und Bücher, aber weder Strom noch Elektrizität. Und wer Strom benötigt, ist von Strom abhängig und muss diesen auch erzeugen.

Damit sind wir wieder beim Thema Macht, Umwelt und Weltpolitik. Doch zurück zur Keimzelle der Gesellschaft, die bei uns in Deutschland gerade zerstört wird durch Niedriglöhne, durch beide Eltern, die arbeiten, was eine Folge der Niedriglöhne ist, nämlich die Familie. Familie wird gerade aufgelöst durch U3-, U2-, U1-Kitas, durch Kindertagesgruppen, wird abgeschafft durch Offenen Ganztag und durch Früh- und Übermittagsbetreuung. Die Kinder stehen morgens allein auf, ziehen sich allein an, waschen sich allein, gehen ohne gefrühstückt zu haben aus dem Haus, warten vor dem Schulgebäude, bis die Frühbetreuung geöffnet ist und wenn die Kinder ihre Körperhygiene vernachlässigen, sehen die Eltern nicht nach. Ein kurzer Blick und eine schnelle Verabschiedung an der Tür, Kind geht los, Mama und Papa fahren zur Arbeit.

Wie sieht heute eine Eltern-Kind-Beziehung aus? Manche Kinder kennen freundliche Eltern, die sich mit ihren Kindern unterhalten, nur aus der Werbung. Was ist eine gesunde Eltern-Kind-Beziehung? Die Kinder glauben, wenn sie mit Papa oder Mama nach Mäckes gehen, sind die Eltern da netter. Meistens glotzen die aber auch da nur aufs Handy. Pausenlos. Wie im Bus oder in der Bahn. Unsere Kinder haben einen wichtigen Gesprächspartner verloren. Denn in einer Eltern-Kind-Beziehung sind Smartphones nur im Weg. Sie stören die gegenseitige unmittelbare Wahrnehmung zwischen Eltern und Kind. Aber wer sagt den Eltern das?
Die Kinder?

Papa, nun leg doch endlich mal dein verdammtes Handy weg und sieh *MICH* an!!!"

In seiner Referendariatszeit zum Realschullehrer hatte Falk einen Jungen erlebt, der als beziehungsgestört und verhaltensauffällig galt. An einem Tag hatte der Vater den Jungen abgeholt von der Schule, da konnte Brauers die Interaktion zwischen den beiden beobachten. Als er auf dem Elternsprechtag das Problem ansprach, hat der Vater Brauers Gewalt angedroht.

Wenn die Zeit reif ist, könnte er später mal erzählen, wie er den Umgang zwischen dem Jungen und seinem Vater erlebt hatte.

Dies ist kein Einzelfall. Wie soll es mit unserer Gesellschaft weiter gehen? Unsere Familien fallen total auseinander. Während die Eltern keine Zeit für die Kinder haben, schieben sie die Großeltern ins Heim ab. Dabei können Großeltern in der Familie eine Bereicherung sein.

Falk Brauers, der im Jahre 1979 geboren war, erinnerte sich gern daran, wie er an Wochenenden oder in den Ferien gemeinsam mit seiner Oma das Geschirr, Besteck, Gläser und Töpfe mit den Händen im Spülbecken mit Spülwasser abgewaschen hatte.

Dabei hatten sie eine bestimmte Reihenfolge mit den zu spülenden Gegenständen: Die Gläser kamen immer zuerst dran, die Töpfe und Pfannen zuletzt.

Mit Abtrocknen und Spülen hatten sie sich abgewechselt.

Sie konnten sich dabei unterhalten. Und es war großartig für ihn gewesen, sich mit seiner Oma zu unterhalten.

Sie hatten einander Aufmerksamkeit geschenkt.

Dies war für ihn ein gutes Leben: Füreinander da sein!

Alltags hatte er daheim mit seinem Bruder Arne den Abwasch gemacht. Nach dem gemeinsamen Essen mit der Familie. Alle saßen dabei zu Tisch. Natürlich gab es dafür bestimmte Benimmregeln: Bei Tisch wurde nicht geschmatzt oder mit offenem Mund gekaut und ganz wichtig: Erst Sprechen, dann Essen! Nicht mit vollem Mund reden, das war ekelhaft für alle Anderen. Während der Zeit am Tisch wurde weder über Krankheiten, noch über Probleme gesprochen.

Hatte eine Person nichts Schönes zu sagen, wurde lieber geschwiegen. Nur gute Gespräche, also erfreuliche Themen kamen an den Tisch, so wie ja auch nur bekömmliche und wohlschmeckende Speisen gereicht wurden. Und Falk liebte diese Regeln, denn auch er selbst profitierte davon.

Das Streiten war bei Tisch verboten.

Dafür wurden Konfliktthemen mit der Hilfe eines dafür vorgesehenen Kummerkastens, einer handgearbeiteten Holzschatulle, nach dem Spülen gemeinsam im Wohnzimmer besprochen, nicht in der Küche.

Überhaupt liebte Falk die Regel, zu schweigen bei Tisch. Erlaubt waren nur Sätze wie „Arne, reichst du mir bitte das Salz?" Daraufhin legte der Bruder die Gabel oder den abgeleckten Löffel an den eigenen Tellerrand und reichte dem Falk den Salzstreuer. Worte wie „Dankeschön, Danke, bitte, hier" oder „gern geschehen", waren ebenfalls erlaubt.

Manchmal durften die Anwesenden auch erzählen, was am Tag geschehen war, insofern dadurch die Atmosphäre bei Tisch nicht unangenehm gestört wurde.

Dabei wurden Probleme weder übergangen noch ausgespart.

Sie fanden am Nachmittag ihren Platz beim gemeinsamen „Thing", einer Runde zur Thematisierung von Konflikten und Problemen und auch hier wurde von den Erwachsenen streng auf angemessene, freundliche und mitfühlende Rede und einen liebevollen Umgang miteinander geachtet.

Das Wort ‚Thing' wurde übrigens so ausgesprochen, wie man im Deutschen ‚Ting' sagt.

Oh, wie gern erinnerte sich Falk Brauers an diese Zeit!

Da war er noch ein Kind gewesen und lebte daheim bei seiner Familie.

Wie gern hätte er noch einmal seinen Bruder Arne bei sich.

Zu Gast vielleicht. An einem Wochenende.

Ja. Alltags hatte er daheim mit seinem Bruder Arne den Abwasch gemacht und er vermisste dieses Leben, in dem die Menschen noch Zeit füreinander hatten.

Nun besaßen die Menschen zwar allerlei Maschinen und Geräte, welche ihnen die Arbeit erleichtern und Zeit ersparen sollten.

Nachdenklich betrachtete er das Weinglas in seiner Hand und ließ sich in seinen Ledersessel sinken, ohne den Wein im Glas zu verschütten.

Heutzutage wird der Rasen auf dem Friedhof von einer kleinen Maschine gemäht. Früher war dort der ältere Herr von der Friedhofsverwaltung, mit dem er sich immer so gut unterhalten hatte. Nachdem dieser in Rente gegangen war, wurde kein neuer Mensch, sondern eine Maschine mit dem Rasenschnitt betraut. Dadurch war Falks täglicher Spaziergang zum Friedhof stiller und einsamer geworden.

Dies war meist eine Einsamkeit, die ihn traurig stimmte, weil er diesen alten Herrn vermisste. Er hatte ihn nämlich immer an seinen Großvater erinnert.

Auch mit ihm konnte er sich so gut unterhalten.

Wenn man sich unterhält, lernt man sich auch besser kennen und verstehen.

Auf dem Friedhof dachte er viel an seinen Bruder Arne.

Wie gut, dass er ihn noch hatte! Danke dafür, sagte er sich immer und er betete für ihn. Oft. Sehr oft!

Früher hatten sich die beiden selten gestritten, nur immer dann, wenn Arne beim Schach gewonnen hatte.

„Freu' dich doch auch mal für mich!", hatte Arne ihm irgendwann einmal gesagt.

Dieser Ausspruch seines Bruders hatte Falk sehr berührt.

Für ihn selbst, für Falk Brauers, hatte sein Bruder Arne immer etwas Weises. Man konnte sich auch nicht wirklich gut mit ihm streiten. Keiner konnte das. Weder Klassenkameraden, noch die Mädchen, noch Eltern oder Lehrer.

Irgendwann war der Tag gekommen, an dem Falk beschloss, dass er auch so werden wollte wie Arne.

Das war schon etwas Gutes: Wie das Bauen auf sicherem Grund: Mir einen weisen Menschen zum Vorbild nehmen, hatte er sich gesagt.

Arne mochte oft die gleichen Dinge wie er. Beim Spielen war das so, in der Schule oder beim Essen.

Falk Brauers dachte daran, wie er daheim stets das gemeinsame Mittagessen mit seiner Familie genossen hatte. Und ihm wurde nun bewusst, dass es dort oft Pastinake gegeben hatte. Wie interessant, denn der Pastinak war auch im römischen Reich sehr beliebt und in den Ländern, welche von Rom erobert und zu römischen Provinzen gemacht wurden.

Und Arne hatte das auch gemocht.

Vielleicht lade ich ihn mal zum Essen ein, überlegte er.

Möglich wäre es ja, dass Arne auch seine Ideen gut finden könnte!

Ja! Seinen Bruder konnte er mal fragen! Ihn für die gute Sache begeistern, die ihm vorschwebte!

Falk schöpfte neuen Mut, trank den Wein aus, stellte das Glas auf das runde Holztischchen mit der kleinen Marmorplatte und richtete sich zum lauten, freien Vortragen wieder aufrecht in seinem Wohnzimmer auf.

„In bäuerlich geprägten Gesellschaften gibt es keine Arbeitslosigkeit. Menschlich soll unsere Welt sein.

Und gerecht soll sie sein und mit Aufrichtigkeit und ❤️!"

Die Ansage seines Bruders, sich für seine Erfolge mit zu freuen, anstatt ihn zu beneiden, hatte ihn tief geprägt. Dankbar war er seinem Bruder Arne für diesen Satz, für diesen wirklich guten Rat! Mit freuen! Mitfreude nennt man das, sich für jemand Anderen freuen zu können.

Sich mit jemand Anderem freuen zu können, auch, wenn man selbst verloren hat. Das ist oft schwierig! Aber jeder kann es lernen! Mitfreude kann man nämlich lernen!

Man kann sie trainieren! Und Falk hatte es trainiert! Er war schon ziemlich gut darin!!

Er ging zu seinem Spülbecken und spülte seine Kaffeetasse und das Weinglas vom gestrigen Tage ab.

Das Spülen, Abtrocknen, Einräumen, der Haushalt als allein-stehender Mensch gab ihm die einmalige Gelegenheit, mit sich selbst allein zu sein, sich mit sich selbst auseinander zu setzen und sich selbst besser kennen zu lernen!

Dies hatte er von einem sehr sympathischen Kochduo aus dem Fernsehen gelernt: Martina Meuth und Bernd „Moritz" Neuner-Duttenhofer moderieren die Sendung „Kochen mit Martina und Moritz" beim WDR!!!

Dieser eine Satz von Frau Martina Meuth hatte sich an ihm festgeheftet wie der Sand und der Staub an den Körpern der Soldaten römischer Legionen, wie der gute Wein, der aroma-tisch und betörend zugleich Glas, Zunge und Gaumen benetzt, wie der goldene Honig auf dem Butterbrot, wie der Morgentau auf der Wiese in seinem kleinen Garten, wirklich, DANKE, Frau Martina Meuth, dass Sie in dieser einen Sendung einen Topf oder eine Pfanne oder eine Schüssel vorgespült haben im Spülbecken mit Wasser und als sie diese dann in die Spülma-schine zum Nachspülen räumen oder war es das fertig gespülte Gerät in einen Schrank, da haben sie sich so etwas hinab geneigt an den linken unteren Bildrand vom Zuschauer aus gesehen, da sagen Sie diesen Satz:

„Spülen gibt Einem die Gelegenheit, mal einen Moment ganz bei sich selbst zu sein!"
Dieser Satz hatte ihn berührt und nicht mehr los gelassen!
Falk Brauers hatte sich seit dem mit sich selbst auseinander gesetzt. Er hatte bemerkt, dass es ihm zunächst gar nicht gefiel, mit sich selbst allein zu sein und dass es ihm auch gar nicht schmeckte, sich mit sich selbst auseinander setzen zu sollen.
Oder zu müssen.
Geschweige denn zu wollen.

Warum eigentlich nicht?
Wir selbst sind doch das, was wir wirklich immer dabei haben!
Wir schleppen, tragen oder fahren, ob wir joggen, fliegen, mit dem Boot segeln gehen oder verreisen, wir nehmen uns selbst überall mit hin!
Wir können unseren Schlüssel vergessen oder unser Handy verlieren aber uns selbst können wir weder vergessen, noch verlieren geschweige denn irgendwo liegen lassen.

Falk erinnerte sich daran, dass er sein Smartphone weg geworfen hatte. Mit sich selbst gelang ihm das nicht.

Deshalb hatte Falk Brauers seinen Psychologen aufgesucht und hatte sich daran gemacht, sich selbst endlich annehmen zu lernen.

So wie er war.

Mit allen seinen Ecken und Kanten, wer es unbedingt so nennen will, mit seinen Fehlern, aber Fehler sind reine Definitionssache.

Fehler sind Ansichtssache.

Auch das hatte er gelernt mit der Zeit.

Falk Brauers hatte gelernt, auch mit sich selbst Mitfreude zu empfinden und mit sich selbst gut umzugehen.

Und wenn er draußen von den Raben begleitet wurde, scheuchte er sie nicht mehr fort, er freute sich darüber, dass sie da waren.

Dass sie ihn begleiteten.

Dass sie mit ihm flogen und er mit ihnen.

Ja. Das war auch schon oft geschehen.

Er musste mal schauen, ob auch ein Dreiäugiger dabei war!

Er empfand sich selbst mittlerweile – durch die behutsame Hilfe seines Therapeuten – als das wertvollste Gut, das er hatte.

Er selbst hatte sich erkannt als das wertvollste Gut, das er besaß. Denn was besitzen wir, das von Dauer ist?

Selbst unseren Körper müssen wir ablegen im Augenblick unseres Todes und es gehört uns nichts auf Erden.

Weder Menschen, noch Häuser, noch Autos können wir wirklich und dauerhaft „unser" nennen.

Das wird uns bewusst, wenn wir alt werden: Wir besitzen nichts.

Morgen war Muttertag.

Seine Eltern waren 2010 bei einem Autounfall ums Leben gekommen. Ein Motorradfahrer hatte den Verkehrsunfall verursacht.

Er war zu schnell gefahren.

Bald darauf hatte Brauers seinen Wagen verkauft und den Führerschein abgegeben.

Autofahren wollte er nicht mehr. Und er musste auch kein Auto besitzen.

„Schon gar nicht eines, das selbstständig einparken kann," überlegte er laut und lachte.

„Mit jedem Stück Technik, das uns einen Handgriff abnimmt, entmündigen wir uns selbst," sprach er stehend.

Er hielt sein Weinglas gegen das Licht, in dem noch einige Tropfen Rotwein sich gesammelt hatten.

Als er durch die rot leuchtende Stelle sah, beschlich ihn das Gefühl, zur Zeit des Kaisers Augustus selbst als kleiner Junge auf einem Schiff gewesen zu sein, welches dort hielt, um Wein aufzunehmen.

Immerhin gab es schon damals den guten Wein an der Mosel.

„Wir sollten keine Menschen fürchten, nur unser ungezähmtes Ego bereitet uns Schwierigkeiten."

Brauers hielt sich selbst diesen Vortrag in seinem Wohnzimmer, in dem auf dem Monitor einer deutschen Firma, die auch mit M beginnt, immer noch das Standbild des Mondes zu sehen war.

„Was wir fürchten sollten, sind die Früchte unseres Geistes: Digitalisierungswahn, KI, Kapitalismus und Konsumgier. All dies wird uns wieder begegnen, denn wir werden wieder geboren.

Wieder und wieder.

Uns selbst in unserem Inneren zu vervollkommnen und uns selbst zu erkennen als reines Sein, reines Bewusstsein und reine Wonne, Freude, Glückseligkeit, das ist der Sinn unseres Lebens!"

Das bin ich – das bist Du!

Das bist Du, O Svitakitu, sagt der ehrwürdige Lehrer in der Chandogya – Upanischade aus dem Youtube-Video von Bayern Zwei – Radio Wissen, welches er auf Youtube gefunden und auf seiner Reise nach Detmold gehört hatte.

Wir brauchen weder Digitalisierung von Verwaltung und unseres Arbeitslebens, noch KI in der Waschmaschine oder den Haushaltsgeräten. Unsere Autos haben ohne die Herstellung durch Roboter auch schon funktioniert.

Alles, was wir benötigen, sind unsere eigenen Fähigkeiten und Mitmenschlichkeit!

Das gilt auch für die Schule!

Kürzlich gab es eine Fortbildung für die Betreuung des Offenen Ganztags an Grundschulen, von der Falk durch eine SMS seines Bruders erfahren hatte. Falk konnte Arne mal wieder nicht erreichen, der textete nur zurück:

„Bin auf einer Fortbildung: I-Serve im Rahmen der Teamentwicklung. Optimierung von Kommunikationswegen im Offenen Ganztag. Das dauert den ganzen Tag. Hab' heute keine Zeit. Gruß Arne."

Später gab es eine Sprachnachricht von Arne, in der er sich aufregte über die Einführung von computerunterstützter Kommunikation im OGATA:

„Die meinen doch wirklich, die Kommunikation unseres Teams würde besser, wenn sie I-Serve dazwischen schalten! Gar nichts wird besser. Der Typ, der den Vortrag gehalten hatte, sich für super schlau hielt und sich offenkundig auf seine geschickte Bedienung des Computers bei der Powerpoint-Präsentation mega was einbildete, hatte ein Tafelbild gemalt (das war offenbar nicht Teil der Präsentation!!), wo erstens die Kommunikation der Teammitglieder abgebildet war: In der Mitte unsere Aktenordner, darum herum Kreise für die Kollegen, die alle auf die Ordner zugriffen und untereinander kommunizierten, völlig planlos und unstrukturiert, wie der Sprecher formulierte, dann zweitens die durch I-Serve gelenkte Kommunikation: Die Aktenordner waren durch das I-Pad ersetzt, worauf alle zentral auf die Daten im Server zugriffen, wobei die Kommunikation der Teammitglieder untereinander wegfiel.

‚Das ist dann nicht mehr nötig und so wird der gesamte Vorgang, die Kinder und deren Anwesenheit im Offenen Ganztag zu managen und zu steuern, eloquent, kompakt, zeiteffizient und professionell', so der Redner, der den Vortrag gehalten hatte und ich habe direkt spontan in den Raum gerufen:

‚Ja und unkreativ, starr, geistlos und herzlos. Die Teammitglieder kommunizieren nicht mehr untereinander. Die Kinder haben keinen Zugriff mehr auf das, was geschieht. Das sehen Sie an den Pfeilen im Schaubild hier an der Tafel, die von jedem

Teammitglied aus nur noch auf den Server in der Mitte zeigen. Zwischen den einzelnen Teammitgliedern sind die Pfeile verschwunden. Sie haben das Bild ja selbst gemalt. Die Interaktion zwischen den Menschen verschwindet. Bedeutet das für Sie, Kommunikation zu verbessern?' Da war der sprachlos, der Typ! Darauf hatte er keine Antwort und meine KollegInnen haben mir voll zugestimmt!!"

Falk konnte Arnes Situation sofort nachvollziehen.
Ihm ging es sehr ähnlich. Er sah seine Welt so, wie die Kollegin, mit der er schon seit einem Jahr zusammen arbeitete und endlich eine gute Basis mit ihr gefunden hatte.
Während die Kinder Flaggen für die Nationalitäten der Fußball-EM malten, hatte die Kollegin gesagt:

„Fußball ist ja gut und schön aber müssen die so übertrieben viel verdienen?
Ein Arbeiter an einem Hochofen, ein normaler Schlosser oder KFZ - Mechaniker, Lehrerinnen und Erzieherinnen, wie viel tun die für ihr Land? Ein Fußballer sollte so viel im Monat verdienen wie einer von denen. Deren Arbeit ist auch nicht gefährlicher als die eines Drehers und Zerspaners oder von den Leuten in einem Hüttenwerk. Die Leute sind überhaupt verrückt geworden. Wenn ich die Eltern sehe, die den Kinderwagen schieben und

dabei nur auf ihr Handy glotzen, nee, Falk, weißt du, diese Digitalisierung unserer Gesellschaft macht es mir oft schwer, das Leben zu mögen.

Mit einem Tablet in der Hand oder einem Smartphone schaffst du keine Beziehung. Die brauchen die Kinder aber.

Guck dir doch die Eltern an, die haben kaum noch Zeit für ihre Kinder. Die haben die Beziehung zu den Kindern oft nicht. Ich habe fast den Eindruck, denen sind ihre Kinder egal."

„Das sehe ich auch so", hatte Falk geantwortet und besann sich auf seine Erinnerungen an eine Gesellschaft ohne Digitalisierung, die auch funktioniert hatte, jedenfalls nicht viel schlechter als die Heutige.

Und warum liebte er Detmold so sehr, Hermann, den Cherusker und die Landschaft des Teutoburger Waldes, des Wiehengebirges und des Venner Moores?

Vielleicht genau deshalb, weil das Leben damals noch natürlicher war, nicht getrübt durch extrem übertriebene Formen der Kommunikation, bei denen Kids oft schweigend nebeneinander saßen und sich gegenseitig stumm übers Smartphone Botschaften schickten. Und es gab noch einen Grund:

Nun, Falk Brauers glaubte an die Wiedergeburt. War er selbst dieser Mann gewesen, der von den Römern Arminius genannt wurde und von Martin Luther Hermann, der Cherusker?

Auch er war in all seinen Taten getrieben von einer wunderbaren Liebe zu sich selbst und zu seinen Mitmenschen, so, wie er sich erinnerte an das Leben dieses frühen Germanen in dieser vorschriftlichen antiken Zeit und Kultur, daher sagte er insgeheim zu sich selbst: Ich bin Arminius und fliege mit den Raben von Wodanaz!

Er selbst, Falk Brauers wie auch er, Arminius, besaß ein Herz voller Liebe!

Denn er liebte sein Land und er liebte seine Leute und er erkannte, dass wir keine Atombomben brauchen, denn die Waffen der Cherusker und der Römer waren schon verheerend genug, damit konnte man auch töten, was wollen wir noch tun, um ein Zeichen zu setzen? Wir müssen uns einfach nur entscheiden! Wir benötigen keine Kriegseinmischungen wie die Amerikaner!

In Mecklenburg-Vorpommern, wo die Menschen näher am Krisengebiet dran sind, als in Niedersachsen oder NRW, da sprechen manche Leute von der deutschen Einmischung in den Ukraine-Russland-Konflikt als einer Verschiebung eines Konfliktes zwischen Russland und der NATO.

Sind wir wirklich so dumm, dass wir nicht merken, wenn wir zum Werkzeug eines Anderen werden und das auch noch mit christlichen Werten rechtfertigen?

Was würde Jesus Christus zu der ganzen Sache sagen?

Ich weiß es: Er würde sich da heraus halten, ereiferte sich Brauers und sein Blut schoss ihm in seine Adern, denn er war empört über die Dummheit und Leichtgläubigkeit seiner Mitbürger. Ja, sagte er laut zu sich selbst: Haltet euch raus!

Halten wir uns raus!

Was sind wir denn? Die Marionette der Amerikaner?

Amerika soll sich aus deutschen Angelegenheiten raus halten ebenso wie Rom damals aus Germanien.

Wenn es etwas Amerikanisches in Deutschland gibt, dann soll es das Konzept „Small is beautiful" sein: Die Rückkehr zum menschlichen Maß!

Wollen wir in einer Computerwelt wiedergeboren werden, die von Robotern bestimmt wird? Von Kriegsirrsinn und Digitalisierungswahn?

Bäuerliche Gesellschaften hatte er gesehen.

Häuser, reet- oder strohgedeckt, mit Hecke eingefriedet, umgeben von Feldern. Dreifelderwirtschaft. Wo war das gewesen?

Falk Brauers schaute hoch und erblickte das Hermannsdenkmal. In seinen fast zu Eis gefrorenen Händen hielt er eine Büchse Reis mit Sushi. Koreanisches Sushi. Gimbap wurde es genannt, hatte er soeben gelernt.

Um ihn herum war es einsam geworden und kalt. Er atmete tief durch und aß die Reste der Malzeit auf, die ihm die jungen Menschen geschenkt hatten, wie er sich erinnerte.

Als er auf sein Smartphone blicken wollte, um zu schauen, wie spät es ist, entdeckte er enttäuscht, dass der Akku gleich endgültig leer war.

Brauers wurde nervös. Nachdem er dreimal den Zahlencode falsch eingegeben hatte, sperrte das Handy und schaltete sich anschließend sofort aus. Saft endgültig alle.

Wütend griff er das Mobilephone und warf es mit weitem Schwung in den Wald hinein. Die Adressen und Kontakte, die er gespeichert hatte, interessierten ihn sowiso nicht mehr.

Die Telefonnummer von Falk und die seines Psychologen kannte er auswendig.

„Seien Sie pünktlich am Bussteig, sonst kommen Sie hier abends nicht mehr weg", hatte ihm die Busfahrerin erzählt.

Die Frau mit den diamantenen Augen. Ja. Er erinnerte sich an sie. Ob sie vielleicht wieder den Bus fahren würde, wenn er am Busbahnhof ankam? Diese Busfahrerin, die junge Frau – wie alt mochte sie gewesen sein? Im Grunde war ihm dies gleichgültig. Er hatte sich verliebt. Verliebt in den Glanz ihrer Augen.

Warmer Glanz.

Er sang in seinem inneren Ohr den Text des Liedes „Vom selben Stern" von der Band Ich + Ich:

„WIR ALLE SIND AUS STERNENSTAUB

IN UNSERN AUGEN WARMER GLANZ
WIR SIND NOCH IMMER NICHT ZERBROCHEN
WIR SIND GANZ"

Moment mal, hieß es in dem Lied „**warmer Glanz**" oder „In unseren Augen **war mal** Glanz"?

Wenn es hieß: „War mal Glanz", war er, Falk Brauers, damit nicht einverstanden! Er protestierte innerlich gegen den Originaltext von Ich + Ich und summte leise die Melodie des besagten Liedes bis zu der genannten Stelle, dann sang er laut und deutlich „Warmer Glanz"!!!
Hätte er doch immer so offen protestiert! Hätte er sich immer getraut, seine Meinung zu sagen und seinem ♥ zu folgen!

Die Frau mit den diamantenen Augen. Ja. Er erinnerte sich an sie. Ob sie vielleicht wieder den Bus fahren würde, wenn er am Busbahnhof ankam?
Falls er am Busbahnhof ankam!

Frierend richtete er sich auf und reinigte die Plastikdose von Reisrückständen, weil er sie zum Andenken mitnehmen wollte.

Mehr in Trance als bei klarem Bewusstsein wandelte der durchgefrorene Mann durch die Gegend von Detmold, von seinem Hermann hatte er sich verabschiedet.

Raben begleiteten ihn. Er sah noch den Vogelpark, lief durch die beleuchteten Straßen, die Fachwerkhäuser schmückten, hier gab es die Externsteine und eine Musikhochschule, es gab sauber wirkende Gassen, mit Blumen bepflanzte Balkonkästen an den Häusern, Seen, den Teutoburger Wald.

Der Mann bewegte sich instinktiv durch die Gegend, entlang von Kanälen und Wassergräben, dann zurück in das Waldstück, weil er sich verlaufen hatte. Die Jahneiche und das Bismarckdenkmal wiesen ihm endlich den richtigen Weg.

In der Ferne erblickte er das Haltestellenschild.

Dort stand ein Bus. Detmold Bahnhof war darauf zu lesen, in diesen Bus musste er einsteigen. Mit klopfendem Herzen sah er zum Fahrersitz, ob die Fahrerin vom Vormittag vielleicht dort in dem Sitz des Fahrers beziehungsweise der Fahrerin saß.

Nein, bemerkte er enttäuscht, doch er fragte nach, ob der Bus zum Bahnhof Detmold fuhr und ob er heute noch eine Verbindung nach Osnabrück bekäme. Als der Fahrer mit dem dichten dunklen Bart dies bejahte, stieg Brauers ein.

Kalt war dieser Abend im November.

Bald sah er, wie ein Kollege des Busfahrers diesen grüßte.

„Salam aleikum!", sagte der Busfahrer.

„Aleikum Salam!", antwortete sein Kollege.

„Wie geht es Dir?"

„Naja, für heute habe ich Dienstschluss. Aber meine nächste Fahrt sind wieder die Schüler. Oh, die sind sehr unfreundlich."

„Ja, ich hatte letztens einen, der hat zu spät gedrückt. Da rief der Junge zu mir: *Hallo! Sie müssen anhalten! Ich will aussteigen! Sie müssen in den Monitor gucken!*
Da habe ich mich gefragt: Wo bin ich hier? Wenn er zu spät drückt, kann ich nicht wissen, dass er aussteigen will! *Ich habe gedrückt!*, hat er gesagt.
Die Frage ist: **Wann** hast du gedrückt?, habe ich geantwortet. Nee, nee! Ich frage mich wirklich: Wo bin ich hier?"

Als Falk Brauers Zeuge dieses Gesprächs wurde, fasste er den Mut, sich einzumischen.

„So geht es auch den Lehrern. Und den Betreuerinnen und Betreuern im Offenen Ganztag. Die meisten Schüler sind unfreundlich und oft sehr unhöflich und das verletzt einen.

Ich mache das so, bevor ich morgens die Wohnung verlasse, suche ich Allah in meinem Herzen. Ich verbinde mich mit Allah in meinem Herzen. Ob ich jetzt Brahman oder Atman sage, Jahwe, Gott oder Allah – für mich ist dies alles EINS, da kann man wirklich ein Gleichzeichen zwischen all diese Begriffe setzten. Denn auch in den Schriften gibt es viele Ähnlichkeiten!

Und wenn ich abends heim komme, mache ich mir einen warmen Tee und in meinem Herzen nehme ich wieder Zuflucht zu Allah. Das ist ein richtiges Ritual für mich geworden.

Eines, das mir Kraft gibt, Hoffnung und Mut, wenn die Menschen um mich herum unfreundlich sind.

Auch die kleinen Menschen.

Und das hilft mir. Das tut mir gut. Die Schüler haben auch nur Stress, weil ihre Eltern nur noch mit ihren Smartphones beschäftigt sind und keine Zeit mehr für sie haben und ihnen nicht mehr zuhören. Und das ist ja im Grunde traurig.

Danke für das Gespräch!", sagte Brauers.

Er tat dies: Er mischte sich ein! Und zwar von seinem Sitzplatz direkt hinter dem Fahrer aus und lehnte sich wieder zurück in seinen Sitz.

Die Wahrheit hatte er gesagt, denn er meditierte jeden Morgen mindestens zwanzig Minuten lang auf seinem Bett sitzend und den Vögeln lauschend gegen fünf Uhr und Dreißig in der Früh. Dann hörte er, wie der Kollege des Fahrers antwortete:

„Das ist gut. Das muss ich auch machen!"

Der Fahrer verabschiedete sich von seinem Kollegen und setzte des Bus in Bewegung. Falk Brauers war durchgefroren und müde. Doch nun brachte er einen Schatz mit heim, heim in seinem Inneren:

In die Mitte seines ♥!

Den Schatz seiner Erfahrung!!!

In der Ferne sah er noch einige Raben, die aufflogen, als das große Fahrzeug seinen Weg antrat.

Brahman=Atman=JHWH=Allah=Gott=Wodanaz=DAO,

sagte er sich im Geiste, während er lächelnd und sehr zufrieden mit sich selbst sich in den Sitz einkuschelte und im Bus mal wieder einnickte.

Er träumte diesmal von der Liebe, von der der Apostel Paulus in seinem zweiten Brief an die Korinther spricht.

Diese Liebe dürfen wir auch auf uns selbst anwenden.

Auf uns selbst, auf unsere Familie, unsere Freunde, Verwandten uns Bekannten, auf alle Menschen, die wir kennen, die uns begegnen, auch auf die, die wir nicht so sehr mögen und vielleicht sogar Feinde nennen, auf alle Leute auf der Welt, auf Russen und Ukrainer und sogar auf die ganzen Soldaten und Politiker und Generäle und tatsächlich auf die Menschen in der NATO und auf alle Amerikaner.

Dabei sollten wir uns die Frage stellen: Wie wollen wir leben?

Sein Bruder kam kürzlich von einer Reise nach Gran Canaria zurück. Ina und er hatten sich in den Herbstferien eine kleine Reise gegönnt.

Auf einem Schild in einer verlassenen Gegend prangte ein riesiger QR-Code, so ein Viereck aus schwarzen Vierecken, mit denen man Daten mittels eines Smartphones ablesen kann.

Arne und Ida besaßen zwar intakte Smartphones und im Gegensatz zu dem von Falk waren die ständig mit ausreichend Saft versorgt, doch sie hatten beide festgestellt, dass sie hier als Menschen hilflos waren.

Ohne dieses Gerät, das Smartphone, würde ihnen der Sinn der Botschaft auf Ewig verschlossen bleiben.

Wie wollen wir in Zukunft leben? Wo wollen wir hin, hatte Arne ihn gefragt. Wenn wir so weiter machen, dass wir Geräte erschaffen, die miteinander kommunizieren, ohne, dass wir es verstehen, dann schaffen wir uns letztlich selbst ab.

Wir machen uns unmündig.

Jedenfalls sind wir stark auf dem Weg dahin.

Unsere Kinder werden in den Grundschulen heute schon mit Tablets versorgt und wir reden ihnen ein, dass diese Dinger nützlich sind.

Die Kinder finden sich cool damit.

Wie damals in der Grundschule, als Falk gemobbt wurde, will er sich weigerte, La Coste oder Esprit zu tragen, um „dazu zu gehören" im Klassenverband seiner auf Konsum und Oberflächlichkeit getrimmten Mitschüler.

Er hatte damals viel Krach gehabt mit seinem Vater – der privat hinter ihm stand, sich aber nicht wegen Kleidung mit seiner kompetentesten Deutschlehrerin anlegen konnte, das wäre unprofessionell gewesen, hatte ihm sein Vater gesagt.

Falk empfand das anders. Eine Schule hat einen Erziehungs- und Bildungsauftrag und wenn man Kinder auf Markenkleidung prägt, ihnen diese Konsumabhängigkeit vorlebt und nur die eine Alternative des Gemobbtwerdens bereit stellt, hatte man nach seiner Auffassung als Lehrer versagt und den Sinn des Systems Schule nicht verstanden.

Schule baut Zukunft und so, wie Arminius vor knapp 2000 Jahren in seinem Hier-und-Jetzt die Wirklichkeit seiner Zukunft verändert hatte und damit unser Aller Zukunft, so schaffen wir unsere Zukunft mit dem, was wir heute wollen.

Wir sollten also Acht geben auf das, was wir *heute* wollen!

Neben den Raben, die in Detmold zu Hause waren, hatte er dort auch Storche gesehen. Einer ruhte sich aus auf einem Dach. Anschließend war er weiter geflogen und Brauers war sich sicher, dass er in Detmold nistete, nicht er, der Storch natürlich. Super!! Storche in Detmold!!! Das ist ein Thema für eine praxisorientierte Unterrichtseinheit: Wild lebende Tiere und die Bedeutung ihrer ökologischen Nische.

Das könnte er mal…ach, nein, er war ja kein Lehrer mehr. Schade, eigentlich.

Auf die Dauer hatte Falk Brauers gegenüber seinem Vater und seiner Deutschlehrerin Recht behalten: Die Erkenntnis, dass alle Markenkleidung von armen Arbeiterinnen in sogenannten „Drittweltländern" unter schrecklichen, menschenunwürdigen Bedingungen hergestellt wurden, offenbarte die Verblendung derer, die glaubten, durch das Tragen von Markenkleidung etwas Besseres zu sein und machte den Selbstbetrug des Kapitalismus offensichtlich.

Zumindest für die Menschen, die mutig genug und bereit waren, ihre Scheuklappen abzulegen.

Wo wollen wir heute hin?

Schule baut immer noch Zukunft.

Das Tragen von Schuluniformen macht die Sache auch nicht besser: Dann ist man was Besonderes, weil man von dieser oder jener Schule kommt und verheddert sich in Schulwettkämpfen, die in Feindschaft ausarten können wie in Großbritannien oder bei den Schülern der USA, deren Stolz auf ihre Schule nicht selten gefährliche Züge annehmen kann.

Individuell sein und bleiben, ohne sich abheben zu müssen, das war nach Falk Brauers auch zum Thema Kleidung eine gelungene Lösung. Der Professor für Sozialkunde und das Thema Förderschule, Gunther Otto, sagte dazu: Selbstverwirklichung in sozialer Verantwortung.

Dort, wohin wir unsere Aufmerksamkeit lenken, wird etwas entstehen.

Was wollen wir in Zukunft sein?

Technik begabte, von digitalen Medien abhängige Wesen, die ohne GPS nicht den Weg von der Küche zum Klo finden?

Oder wollen wir *in den Menschen, in natürliche Gesundheit, eine gesunde Natur und natürliche Lebensbedingungen* unsere Kraft und unsere Zeit investieren?

Was wollen wir machen aus dem Sternenstaub, aus dem wir sind?

Kluge, kompetente Menschen, die ökologischen Landbau verstehen, die ihre Pflanzen nicht schädigen, sondern lieben und schützen auf natürliche Weise?

Weder das Spritzen, noch das Überdüngen von Pflanzen hilft.

Auf lange Sicht sind echter, ökologischer Landbau und Mitmenschlichkeit, Weisheit wichtig.

Religion muss nicht immer und überall religiösen Wahn bedeuten. Religiöse Vielfalt kann im Laufe der Zeit aus einer einzigen Quelle entstehen und wer das begreift, muss sein Ego nicht künstlich mittels seines Glaubensbekenntnisses aufplustern.

Für ihn war Religion und eine Verbindung zu Gott die Verbindung zur Ecclesia und das heißt *Gemeinschaft*.

Vielfalt in der Mitmenschlichkeit und im Pflanzenspektrum sind heute überlebenswichtig.

Dabei sollten wir uns weniger auf die Technik verlassen als auf unseren gesunden Menschenverstand und unsere Wetterinstinkte im Hier und Jetzt.

In den letzten Monaten hatte seine Wetterapp oftmals krass daneben gegriffen. Auch daher hatte er das Teil über Bord geschmissen. Aus dem Schiff seines Lebens quasi.

Bei seinem Psychologen hatte er einen Patienten getroffen, der einen Block und ein Handy bei sich trug, das Handy hatte er im Sitzungsraum vergessen, daher kam er plötzlich rein und störte Falks Sitzung. Als der Fremde den verärgerten Gesichtsausdruck unseres Protagonisten bemerkte, sagte er lächelnd:

„Stift und Handy – das Beste aus zwei Welten.“

Du bist das Beste und es gibt nur eine Welt, du Dummkopf, hatte Falk gedacht, hatte dies aber verschwiegen, da er mit seinem Thema in der Sitzung weiter machen wollte.

Naja. Jetzt sagt er es.

Und er wollte eine neue Schulform gründen, eine

SCHULE FÜR ACHTSAMKEIT UND ♥ENSBILDUNG!!!

Wir selbst sind das Werkzeug, erinnerte er sich.

Wir brauchen weder Smartphones, noch Tablets, um das, was unsere Aufgabe ist, zu erfüllen. Unsere Aufgabe ist Selbsterkenntnis.

Nicht weniger, aber auch nicht mehr.

Das werdet ihr hoffentlich auch noch kapieren, sagte er laut und goss sich selbst reinen Wein ein, wie ihr auch gesehen habt, wie viel Marke wirklich in Markenkleidung steckt!

Alles nur Schein und Rauch, alles Trugbilder.

Wenn es ein Handwerk gibt, wo einer in seinem Heimatland etwas her stellt und dafür angemessen entlohnt wird, das wär' doch mal was Feines!

Statt dessen ‚chasen' wir Firmen aus und prellen die Menschen daheim um den fairen Arbeitsplatz.

Unsere Firmenbosse sind nicht mehr bereit, unseren Einwohnern den fairen Lohn zu bezahlen. Das war in den Achtzigern besser.

Brauers blickte aus dem Fenster, die Scheiben reflektierten das Sonnenlicht und er sah sich in seinem Inneren umgeben von Glanz.

Als er das Fenster öffnete flogen Raben auf, die im Baum vor dem Haus gesessen hatten. Seiner Auffassung nach sprachen sie mit ihm und sie beschützten ihn. Laut erklangen ihre Rufe, als er die Idee hatte, sein Radio anzuschalten. Dabei handelte es sich um einen Weltempfänger aus den Achtziger Jahren, mit denen er Radiosender von überall her empfangen konnte, selbst aus Japan, China oder den USA.

Gerade begannen die Nachrichten. Als er von einem „IT-Angriff auf die Datenbanken der CDU" hörte, ging er näher an das Gerät heran, um besser zu verstehen, doch die Ansagerin des Senders war schon zum nächsten Thema gewechselt, den Überschwemmungen und Umweltkatastrophen in Baden-Württemberg und Bayern.

Manchmal musste Brauers grinsen, wenn er, kurz, bevor er den Knopf seines Weltempfängers morgens berührte, sich vorstellte, der Sender würde die Nachrichten von damals bringen, von 1980, als seine Eltern ihm das Doppelkassettendeck gekauft hatten, und natürlich auch die Mukke von damals, das wär' echt megageil!!

Vieles war in den Achtzigern besser, erinnerte sich Falk und wusste noch gut den Text dieses einen tollen Liedes der Gruppe *Spliff*:

„Computer sind doof!"

ENDE.

.